Anja Stiller & Alexander Rudow
MR. HOLMES'
KRIMI
ADVENTSKALENDER
Vol. 5
24 weihnachtliche
Kriminalfälle
zum Miträtseln
homunculus
verlag

IMPRESSUM

Frenzel, Jacobi & Reinthaler OHG | Erlangen
HOMUNCULUS-VERLAG.DE

Texte:
Anja Stiller & Alexander Rudow
Einige Figuren basieren auf Charakteren von Arthur Conan Doyle (1859-1930).

Covergestaltung und Illustrationen:
Anja Fuchs, Nürnberg
www.anjafuchs.com

Druck und Bindung:
STOGA Print & Paper, Poland

Verwendete Schriften: Duality, Swagger, The Goldsmith Vintage.
Grafisches Material: freepik.com

ISBN 978-3-946120-38-4

Die kalte Sophie

1

Holmes und ich saßen beim Fünfuhrtee und lauschten dem Weihnachtslied Adeste fideles vom Grammophon, als es läutete und die Stimmen von Mrs. Hudson und Inspector Lestrade vom Flur zu hören waren: »Mr. Holmes wünscht nicht beim Tee gestört zu werden!«

»Lassen Sie mich durch, ich habe keine Zeit für Ihre Sperenzchen!« Schon stand Lestrade im Salon, bebend vor Wut. »Dieses Schreiben wurde an mein Büro gesandt, mit Ihnen als Adressat. Scotland Yard ist doch nicht Ihr verdammter Briefkasten, Holmes!« Er wedelte mit einem Briefkuvert vor unseren Nasen. »Ich will gar nicht wissen, zu welchen Arbeiten er Sie nötigt, Watson!«

»Dr. Watson«, berichtigte Holmes, nahm den Umschlag an sich und las den Brief. »Wie überaus unerfreulich«, war sein Kommentar nach der Lektüre. Er las vor:

Werter Mr. Holmes,

dieses Schreiben lasse ich Ihnen über die Konstabler zukommen, für die Ihr wahres Ich sicher von Interesse sein dürfte, sollten sie davon erfahren. Wie wir beide wissen, war Ihr Großonkel väterlicherseits der berüchtigte Serienmörder H. H. Holmes. Ihr Interesse für Kriminalistik ist demnach nur die Kehrseite Ihrer eigenen, ererbten kriminellen Energie. Um Sie daran zu erinnern, habe ich mir erlaubt, Ihre Nichte Sophie zu entführen, die übrigens dieselbe emotionale Kälte wie Sie an den Tag legt, passend zur kalten Vorweihnachtszeit. Da Sie Ihre Nichte sicher wiedersehen möchten, werde ich Ihnen Rätsel stellen. Lösen Sie eines der Rätsel nicht, ist Sophie tot. Setzen Sie die Lösungen als Kleinanzeige in die Times. Ich entscheide dann, ob und wann Sie wieder von mir hören. Zum Aufwärmen diese Frage: Wie zeichnet man ein Rechteck mit drei Strichen?

gez. Colonel Sebastian Moran

Die kalte Sophie Auflösung

»Die kalte Sophie«, sinnierte Holmes. »Armes Mädchen. In der Hand dieses Verbrechers. Seit Professor Moriartys Festnahme dürfte Colonel Moran der gefährlichste Mann Londons sein. Und er sinnt anscheinend auf Rache für seinen Chef Moriarty.«

»Aber was faselt er von einem Serienmörder Holmes?«, fragte Lestrade.

»Oh, damit hat er leider recht. Mein Großonkel Henry Howard Holmes brachte es in den Vereinigten Staaten zu einiger Bekanntheit als Serienmörder und Betrüger. Er gab 27 Morde zu und erklärte, vom Satan besessen zu sein. Unschöne Geschichte. Colonel Moran ist weit in der Welt herumgekommen. Auf seinen Reisen wird er davon gehört haben.«

»Aber Holmes, sind Sie denn gar nicht in Unruhe wegen Ihrer Nichte?«, fragte ich.

»Unruhe bringt uns nicht weiter, Watson. Sophie ist eine starke junge Dame, die auch in dieser Lage gut auf sich selbst aufpassen kann.«

»Wenn Sie das Rätsel nicht lösen, ist sie tot, Holmes!«, rief Lestrade. »Und wie zum Teufel soll man ein Rechteck mit drei Strichen zeichnen?«

»Nun, schon die Formulierung der Frage legt die Lösung nahe. Gefordert ist nicht, aus drei Strichen ein Viereck zu konstruieren. Das ist nämlich unmöglich.« Holmes nahm ein Blatt Papier und zeichnete ein Rechteck, mit vier Linien als Seiten. »Stattdessen nehme ich dieses normale Rechteck und setze drei beliebige Striche hinein. So ist Morans Aufgabe erfüllt.« Er wandte sich zur Tür. »Mrs. Hudson, würden Sie eine Verbindung zur Anzeigenabteilung der Times herstellen?«

Tödlicher Weihnachtsmarkt

2

»Haben Sie auch manchmal das Gefühl, vom Satan besessen zu sein wie Ihr Großonkel?«, fragte ich, als wir auf dem Weihnachtsmarkt Zerstreuung suchten. »Machen Sie sich nicht lächerlich, Watson. Es gibt keinen Satan. Nur Vernunft und Naturwissenschaften. Hoffen wir lieber, dass wir das nächste Mal mit Sophie hier flanieren können.« Der Weihnachtsmarkt an der Tower Bridge war idyllisch. Es roch nach Lebkuchen und Glühwein. Holmes allerdings fühlte sich zu seinem Lieblingsstand hingezogen, der Marzipan und Mandelkekse anbot. »Ich finde es bemerkenswert, dass der Inhaber dieses Standes aufgrund einer genetischen Veranlagung nicht in der Lage ist, den köstlichen Bittermandelgeruch seiner eigenen Waren wahrzunehmen. Allerdings teilt er diese bedauerliche Eigenschaft mit der Hälfte der Menschheit. Und er mag seine Plätzchen und das Marzipan nicht einmal! Er sagt, er verkauft sie nur, verzehrt sie aber nie.«

Schon aus der Entfernung sahen wir, dass sich an dem Stand eine Traube von Menschen gebildet hatte, die nicht allein aus wartenden Kunden bestehen konnte. Holmes bahnte uns als geübter Bartitsu-Kämpfer mit seinem Spazierstock einen Weg durch die Menge, natürlich ohne jemanden zu verletzen. »Er ist tot, er ist tot!«, hörten wir die Leute rufen. Tatsächlich lag der Inhaber des Standes mit dem Gesicht zwischen seinem duftenden Gebäck und dem Marzipan, beides frisch aufgeschichtet. Er hatte sich über die Auslage erbrochen. Ich schritt zu ihm und legte ihm einen Zeigefinger an die Halsschlagader. »Da ist nichts mehr zu machen. Exitus.«

»Er muss einen Schlaganfall oder einen Herzinfarkt gehabt haben«, sagte jemand aus der Menge. »Dabei hat er noch eine so gesunde Röte im Gesicht.«

»Nein, Sir«, sagte Holmes, »das hier ist Mord mit den eigenen Süßwaren. Er wurde vergiftet.«

»Aber wie ist das möglich, wenn er seine Waren nie selbst isst?«

Tödlicher Weihnachtsmarkt Auflösung

»Herrschaften, bitte entfernen Sie sich unverzüglich von diesem Stand!«, rief Holmes. »Es besteht Lebensgefahr!« Die Menge wich zurück, und auch wir stellten uns abseits. Holmes wies auf den Verkäufer. »Die rosige Hautfarbe ist alles andere als ein Zeichen von Gesundheit. Sie deutet auf eine Vergiftung mit Blausäure hin.«

»In der Tat, Holmes!«, sagte ich. »Bei einer Cyanid-Intoxikation färbt sich die Haut hellrot: Die Atmung blockiert und die Zellen können den Sauerstoff nicht verwerten. Dadurch ist das venöse Blut weiterhin mit Sauerstoff gesättigt und erscheint unter der Haut rötlich.«

»Unser Freund hat die Blausäure inhaliert. Dieses Gift wirkt beim Einatmen in wenigen Minuten tödlich. Auch das prämortale Erbrechen ist ein typisches Symptom. Das Opfer war chancenlos, weil es den verräterischen Bittermandelgeruch nicht wahrnehmen konnte. Da machten ihm seine Gene leider einen Strich durch die Rechnung.«

»Doch wie ist das Cyanid an seinen Stand gelangt? Und durch wen?«

»Der Verkäufer hatte das Gebäck und das Marzipan gerade aufgeschichtet. Es wurde mit Blausäure versetzt, vermutlich mit einer Spritze. Als der Arme seine Ware auspackte, war es bereits zu spät. Für so ein perfides Verbrechen kommt nur Colonel Moran infrage. Ihm dürfte auch bekannt sein, dass ich den Weihnachtsmarkt am Tower so schätze. Er wollte mir zeigen, dass er vor meiner Nase morden kann.«

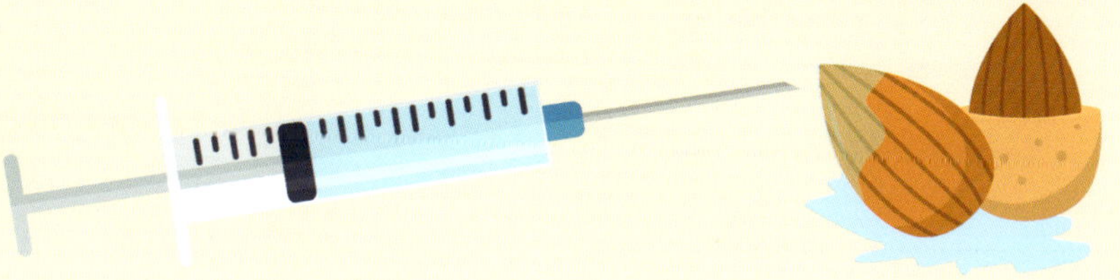

Schach für Detektive

3

Holmes und ich saßen in unserer Wohnung, 221B Baker Street, und spielten eine Partie Schach. Draußen fielen die ersten Schneeflocken. Ich glaubte mich gerade kurz vor einem Remis, da flog die Tür zum Salon auf und Inspector Lestrade polterte herein. »Die Post ist da!«, rief er und knallte ein neues Kuvert auf den Schachtisch, dass die Figuren auseinanderflogen. Mrs. Hudson stand in der Tür und hob entschuldigend die Hände.

»Angesichts der Umstände biete ich Remis an, Watson. Allerdings wäre Ihr König in vier Zügen einem erstickten Matt zum Opfer gefallen. Doch unser Gast zog es vor, die Stellung zu devastieren … Scotland Yard hat also ein weiteres Schreiben an mich erhalten.« Holmes öffnete den Umschlag und las den Brief vor:

Werter Mr. Holmes,

mein Glückwunsch zur Lösung des ersten Rätsels. In den Gazetten lassen Sie sich immer wieder als den hellsten Kopf Londons feiern. Dieser Titel gebührt jedoch mir. Erhöhen wir die Schwierigkeit also etwas mit einem von mir komponierten Rätsel, das ich Detektivschach nenne. Es geht nicht darum, den König matt zu setzen, sondern Figuren zu platzieren. Nehmen Sie ein Schachdiagramm mit 6x6 statt mit 8x8 Feldern. Auf die Felder b1, c1, f1, f3 und e5 sind fünf Figuren zu platzieren: ein König, eine Dame, ein Turm, ein Läufer und ein Springer. Sie sind so zu setzen, dass die folgenden Felder von der angegebenen Anzahl der Figuren erreicht werden können: Auf b2 können 2 Figuren ziehen, auf f2 und f4 keine, auf f5 zwei Figuren, auf c5 und a6 je eine Figur. Ich erwarte Ihre Lösung wieder als Anzeige in der Times.

gez. Colonel Sebastian Moran

– P. S.: Ihre Nichte lässt es an Respekt fehlen. Liegt wohl in der Familie.

Schach für Detektive Auflösung

Lestrade schnaubte. »Dieses ganze Rätsel ist doch wirr. Wer soll denn da durchsteigen?«

»Oh, das ist es keinesfalls, teurer Inspector«, sagte ich. »Man braucht nur zu wissen, wie die Schachfiguren ziehen. Wir sollten uns ein Diagramm mit 6x6 Feldern aufzeichnen.«

»Nicht nötig, Watson«, wiegelte Holmes ab. »Ich habe das Rätsel bereits im Kopf gelöst.«

»Potzblitz!«, entfuhr es Lestrade. »Wie das?«

»Jedenfalls nicht mit aufbrausendem Temperament. Mit Logik. Das Feld a6 soll einmal bedroht sein. Das ist nur durch eine Figur möglich und nur von einem freien Feld aus, von f1, durch den Läufer. Wenn f2 und f4 nicht zu erreichen sein dürfen, kommt auf f3 nur ein Springer in Betracht. Bleiben noch König, Dame und Turm. König und Dame können nicht auf e5 stehen, weil dann f4 unerlaubterweise angegriffen wäre. Also Turm auf e5. Aus demselben Grund kann die Dame nicht auf c1 stehen, die außerdem mit dem Turm zweimal c5 angriffe, sondern muss auf b1. Der König steht auf c1.« Meinem Freund gelang es nach all den Jahren immer noch, mich zu überraschen.

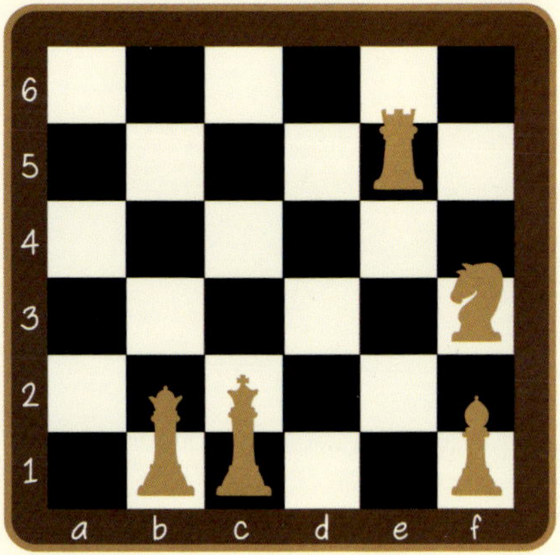

Lestrade brummte vor sich hin. »Was der Verbrecher wohl mit mangelndem Respekt meint?«

»Oh«, klärte Holmes auf. »Sophie ist ganz und gar keine ängstliche Natur. Sie verweigert Moran die Genugtuung, eine verschreckte Geisel in seiner Gewalt zu haben.«

»Gutes Mädchen«, sagte ich.

Der fliegende Weihnachtsmann

4

Holmes und ich gingen am Hyde Park spazieren. Es hatte geschneit und auf London lag eine für die Stadt untypische weiße Decke. »Ich könnte einen Tag ohne Mord oder andere Verbrechen wirklich gebrauchen, Holmes. Wie weihnachtlich die Stadt wirkt. Es ist bezaubernd friedlich.«

»Das Unerfreuliche bei Morden ist, dass dabei Menschen zu Tode kommen.« Holmes zog an seiner Pfeife. »Immerhin hilft das Aufklären von Verbrechen, die kleinen grauen Zellen zu trainieren. Wenn dazu auch ein Kreuzworträtsel der Times entspannender ist.«

»Stammt der Spruch mit den kleinen grauen Zellen nicht von Ihrem belgischen Kollegen Poirot?«

»Richtig, Watson. Aber schauen Sie: dort vorn, der Auflauf.«

Am Rande des Parks hatte sich eine Menschentraube gebildet. Wir hörten weinende Kinder und sahen, wie Eltern ihre Portemonnaies zückten. Holmes war mit ein paar Sätzen bei der Menge. Als auch ich dort ankam, sah ich den Grund für den Auflauf: Der Weihnachtsmann konnte fliegen! Einen Meter über der Erde schwebte er im Schneidersitz, mit weißem Bart, roter Mütze und einem Mantel, der unter ihm eingeschlagen war. Darunter nur Luft und platter, festgetretener Schnee. In der Hand hielt er lässig einen dünnen Hirtenstab, der bis zum Boden reichte. Mit der anderen Hand zeigte er auf die Umstehenden. »Wenn ihr den Weihnachtsmann nicht besänftigt, werde ich euch und eure Kinder für eure bösen Taten bestrafen!«, rief er. Am Boden vor ihm lagen schon so viele Münzen, dass man davon ein Waisenhaus voll Oliver Twists hätte speisen können. »Fürchtet den Zorn und die Macht des Weihnachtsmanns!«

Holmes trat vor. »Alter Knabe, der Einzige, der sich fürchten sollte, sind Sie. Und zwar vor dem Kerker. Sie sind ein Betrüger und Scharlatan. Ihr billiger Trick ist durchschaut.«

»Wovon sprichst du, Sterblicher?«

Der fliegende Weihnachtsmann Auflösung

Holmes trat vor und scharrte mit dem Fuß im Schnee. »Nun, zum einen legt bereits Sir Isaac Newtons Gravitationslehre den Schluss nahe. Sie hätten sich immerhin bemühen können, dass der Schnee unter Ihnen nicht so zusammengeschoben und festgestampft aussieht.« Er legte eine Metallplatte frei.

»Dieser Platte entströmt die Kraft, die mich fliegen lässt«, versuchte der Weihnachtsmann die Flucht nach vorn.

»In gewisser Weise trifft das sogar zu«, sagte Holmes. »Die Platte ist sozusagen Ihre Basis. Ihre Verbindung zur Luft. Und zwar über den Krummstab.« Er fuhr mit seinem Gehstock den Stab entlang und klopfte dagegen. »Dieser Hirtenstab ist hohl.«

»Korrekt! Durch den Stab fließt die Kraft aus der Erde in mich, die mich die Schwerkraft überwinden lässt.«

»Nicht ganz, Herr Weihnachtsmann. Durch den Stab läuft ein Rohr. Dies führt weiter durch Ihren weiten Ärmel und bis zu einem Sitz unter Ihrem eingeschlagenen Mantel.« Holmes zog mit dem Gehstock die beschriebene Linie nach, vom Krummstab über den Ärmel zur Schulter des Weihnachtsmanns und dessen Rumpf herunter. Dann klopfte er damit von unten an das Gesäß des »Fliegenden«. Es klang metallisch. »In Wahrheit sitzen Sie auf einer weiteren Platte.«

Just in dem Moment kamen zwei Konstabler vorbei. »Officers! Mr. Holmes hat einen weiteren Fall gelöst«, sagte ich zu ihnen. »Wären Sie so nett, diesen Betrüger hier mit freundlichen Grüßen bei Inspector Lestrade abzuliefern?«

Der bestohlene Premier

5

Holmes tippte sich zur Begrüßung an die Mütze. »Guten Abend, Mr. Prime Minister.« Wir standen im 2. Stock von 10 Downing Street neben einem geschmückten Weihnachtsbaum. Hinter dem Premier schluchzte seine Privatsekretärin Mrs. Parker und neben ihm schnaubte Inspector Lestrade. »Der Fall ist klar, Holmes. Der Diamantring der First Lady wurde gestohlen und Mrs. Parker ist die Einzige, die als Diebin in Betracht kommt.«

»Mr. Holmes, Sie sind meine einzige Hoffnung«, wimmerte Mrs. Parker. »Ich war es nicht. Nur Sie können das beweisen.«

Der Premier räusperte sich. »Wir hoffen in der Tat auf Ihren Scharfsinn. Meine Frau und ich feiern morgen unseren 20. Hochzeitstag und ich habe ihr einen Diamantring als Geschenk besorgt. Bevor ich für die Mittagspause mein Büro verließ, betrachtete ich den Schmuck noch einmal und ließ ihn auf dem Schreibtisch zurück. Ich schiebe zwar immer das Fenster vor der Pause auf, aber von dort droht keine Gefahr. Tagsüber steigt doch niemand über die Fassade in die 10 Downing Street ein. Selbst wenn er die Mauern hochkäme … Vor der Tür stehen Wachen und die Straße ist belebt. Also führt der Weg nur durch die Bürotür. Mrs. Parker will die ganze Zeit im Vorraum gesessen haben. Die Polizei hat sie und den Raum durchsucht und nichts gefunden. Sie ist doch die gute Seele des Hauses. Ich kann mir beim besten Willen nicht vorstellen, dass sie in mein Büro eingedrungen ist und den Ring …«

»Sir, das habe ich nicht, ich bitte Sie …«, jammerte Mrs. Parker.

Lestrade nahm Haltung an. »Mr. Holmes, auf den Sie so hoffen, sagt immer: ›Wenn man das Unmögliche ausgeschlossen hat, muss das, was übrigbleibt, die Wahrheit sein, so unwahrscheinlich sie auch klingen mag.‹ Ein Einstieg durch das Fenster ist unmöglich, ebenso das Einschleichen an Ihnen vorbei, Mrs. Parker. Die Wahrheit muss also sein, dass Sie die Täterin sind.«

»Nicht so schnell, Lestrade«, sagte Holmes. »Der Ausschluss des Unmöglichen führt in diesem Fall zu einer ganz anderen Wahrheit.«

Der bestohlene Premier Auflösung

»Wollen Sie denn nicht zuerst das Büro inspizieren, bevor Sie die Wahrheit verkünden?«, fragte Lestrade.

»Nicht nötig. Ich habe alle Informationen. Wie kann der Ring vom Schreibtisch verschwunden sein? Den Fassadenkletterer und einen Einbruch durch das Vorzimmer haben wir bereits ausgeschlossen.«

»Und weiter?«, fragte Lestrade, lauernd auf Mrs. Parker.

»Auch bei der Durchsuchung wurde nichts gefunden. Scotland Yard ist in solchen Fällen akribisch. Mrs. Parker scheidet als Verdächtige also aus.«

»Dann bleibt keine Option mehr offen, werter Mr. Holmes«, sagte der Premier.

»So scheint es, Mr. Prime Minister. Übrig bleibt nur noch ein Dieb, der kein wirklicher Dieb ist.«

»Wollen Sie uns verschaukeln, Holmes?«, rief Lestrade.

»Ganz und gar nicht. Der Premier schätzt bekanntermaßen frische Luft, selbst im Winter, und Rabenvögel, insbesondere Elstern, schätzen glänzende Gegenstände, auch wenn sie nicht essbar sind, dafür aber ›schnabelig‹ genug. Sie tragen sie fort und verstecken sie.«

»In ihr Nest? Nur wo?«, fragte der Premier.

»Elstern bringen ihr Diebesgut nicht gesammelt in ihr Nest, sondern legen viele einzelne Verstecke an, ähnlich wie Eichhörnchen. Ich fürchte daher, der Ring ist verloren, Sir. Dafür bleibt Mrs. Parker die gute Seele des Hauses.«

Weihnachten mit Petroleum

6

Das geht so nicht mehr weiter«, schnauzte Inspector Lestrade uns an. »Schließlich bin ich nicht Ihr Postfach.« Wir standen in seinem Büro des Scotland Yard. Lestrade hatte in der 221B Baker Street angerufen, weil der Yard einen neuen Brief von Colonel Moran erhalten hatte. »Unsere Poststelle hat den Brief aus Versehen schon geöffnet, Holmes. Und weil die Briefe laut Moran auch für die Polizei von Interesse sind, habe ich einen Blick riskiert. Daher kann ich Ihnen sagen: Dieses Rätsel werden Sie nicht lösen können. Ich habe hin und her überlegt. Es gibt keine Lösung. Moran will Sie zum Narren halten. Ich rufe jetzt die Sondereinheit S019 zusammen. Die soll meinetwegen die ganze Stadt auf den Kopf stellen. Wir finden Ihre Sophie schon.«

»Nicht so schnell, Lestrade«, sagte Holmes. »Dürfte ich den Brief noch sehen, bevor Sie die Kavallerie ausschicken?« Er nahm das Schreiben und las:

Werter Mr. Holmes,

lassen Sie mich heute andeuten, welches Ende ich Ihrer widerspenstigen Nichte zudenke, sollten Sie versagen. In meinem Vorhaben spielt Petroleum eine gewisse Rolle … und ebenso in meinem nächsten Rätsel: »Ein Ehepaar fährt für das Weihnachtswochenende aufs Land. Die beiden kommen spät im Cottage an, es ist bereits dunkel. Der Mann möchte die Petroleumlampe anzünden, aber er entdeckt, dass nur noch wenig Brennstoff darin ist. So wenig, dass der Docht nicht mehr hineintaucht. ›Petroleum ist aus‹, sagt er zu seiner Frau. ›Wir müssen bis morgen im Dunkeln sitzen. Da kann man nichts machen.‹ – ›Doch, das kann man, Darling‹, sagt sie. ›In einem Moment haben wir hier Licht.‹ Und tatsächlich brennt die Lampe kurz darauf.« Ist das möglich, Mr. Holmes? Was sagen Sie?

gez. Colonel Sebastian Moran

Lestrade griff zum Telefon. »Es ist unmöglich. Ich rufe jetzt die Sondereinheit zusammen.« – »Nicht so schnell, Inspector«, sagte Holmes. »Mit ein bisschen Naturwissenschaft ist die Lösung ganz einfach.

Weihnachten mit Petroleum Auflösung

»Wie das?«, fragte Lestrade. »Der Docht und das Petroleum können nicht in Verbindung treten. Folglich kann die Lampe nicht brennen. Colonel Moran spielt mit Ihnen. Ihre Nichte geht ihm offensichtlich so auf den Geist, dass er einen Vorwand sucht, um sie qualvoll zu verbrennen. Das müssen wir verhindern. Ich mobilisiere den gesamten Yard!«

»Das sollten wir nur tun, wenn wir keinen anderen Ausweg haben, Lestrade«, sagte ich. »Wir gefährden sonst das Leben des Mädchens.«

»Richtig, Watson«, sagte Holmes. »Allerdings ist Sophie auch kein Mädchen mehr, sondern eine junge Frau, 23 Jahre alt. Ihre Mutter und Großmutter gehörten zu den Suffragetten, die das Frauenwahlrecht erstritten. Und die kämpferische Haltung haben sie an Sophie weitergegeben. Eine Haltung, die eine Tory-Regierung bezwingt, dürfte auch unangenehm für einen Geiselnehmer werden.«

»Ich unterbreche ungern beim Kaffeekränzchen, aber die junge Dame ist in Lebensgefahr«, sagte Lestrade. »Und die Anzeigenabteilung der Times hat nur noch zwanzig Minuten geöffnet.«

»Richtig, Inspector. Wir können uns kurzfassen: Der Docht der Lampe ist nicht zu verlängern. Also muss der Spiegel des Petroleums steigen. Wir haben kein Petroleum mehr. Aber das ist auch nicht nötig. Man gießt einfach Wasser hinzu. Petroleum ist leichter als Wasser und schwimmt oben. Dadurch sind Docht und Brennstoff wieder vereint. Das Ehepaar braucht nicht im Dunkeln zu sitzen.«

Der mentalistische Weihnachtskobold 7

Holmes und ich besuchten die Vorstellung des Magiers Pierre Palu, der diesen Advent in London gastierte und als Mentalist bekannt war. »Oh, da sehe ich den großen Detektiv und Skeptiker Mr. Holmes im Publikum«, sagte Palu. Er war gekleidet wie ein Nisse, ein skandinavischer Weihnachtskobold mit weißem Bart und roter Mütze. »Wie wäre es mit einem kleinen Wettstreit, bei dem ich Ihre Gedanken lese?«

Holmes stieg auf die Bühne. »Gern, mein Bester. Nur ist Ihr Vorhaben leider unmöglich.«

»Warten wir es ab, Sir.« Er hielt eine Ausgabe von Dickens' David Copperfield hoch und reichte sie Holmes. »Bitte stellen Sie sich eine dreistellige Zahl vor, mit drei verschiedenen Ziffern. Schreiben Sie die Zahl auf die Tafel dort.« Die Tafel stand so zwischen Palu und dem Publikum, dass er nicht lesen konnte, was darauf geschrieben stand. Holmes schrieb 365. »Bitte drehen Sie die Zahl jetzt um, mit der letzten Ziffer als erster.« Holmes schrieb 563. »Jetzt ziehen Sie die kleinere von der größeren Zahl ab.« Holmes schrieb 563 - 365 = 198. »Drehen Sie die Zahl bitte erneut um.« Holmes schrieb 891. »Und addieren Sie die letzten beiden Zahlen.« Holmes schrieb 198 + 891 = 1.089. »Bitte nennen Sie mir die ersten drei Ziffern.«

»Sie lauten 108«, sagte Holmes.

»Gehen Sie zum Tisch und schlagen Sie Seite 108 von ›David Copperfield‹ auf. Und verraten Sie mir noch die letzte Ziffer Ihrer Zahl?«

»Es ist die Neun.«

»Konzentrieren Sie sich auf das neunte Wort auf Seite 108 in ›David Copperfield‹ und schauen Sie dann zu mir.« Palu starrte Holmes eine Weile in die Augen. »Das neunte Wort auf Seite 108 lautet ausreichend«, sagte Palu lächelnd.

»Das stimmt«, sagte Holmes. Das Publikum raunte. »Nun, Mr. Holmes, wer hat unseren kleinen Wettstreit gewonnen?«

»Es gewinnen immer Verstand und Logik. Und die entlarven Ihr Gedankenlesen als simplen Trick.«

Palu fragte erstaunt: »Wie das?«

Der mentalistische Weihnachtskobold Auflösung

Holmes ging zur Tafel. »Es war gleichgültig, welche Zahlen ich aufschrieb. Herauskommen musste immer das neunte Wort auf Seite 108. Tut mir leid, alter Knabe, das ist nichts Persönliches ... Nehmen wir an, ich hätte statt 365 irgendeine andere dreistellige Zahl mit verschiedenen Ziffern gewählt, etwa 123. Umgedreht ist das 321. Subtrahiert man die kleinere Zahl, ergibt sich wieder 198, wie eben. Die kann man auch wieder umdrehen und beide Zahlen addieren. Das Endergebnis ist immer 1.089, egal, mit welchen Zahlen ich beginne.«

»Nun denn, Sir, dann darf ich Ihnen noch verraten, dass es kein Zufall ist, dass ich Sie im Publikum ausgewählt habe. Ich fand nämlich heute Abend ein Kuvert in meiner Garderobe, ›von einem Bewunderer‹, wie darauf stand. Er forderte mich bei meiner Ehre auf, mich mit Ihnen zu messen. Bedauerlich, dass ich diesen Trick dafür opfern musste. Der Verfasser hat sich den Spaß sicher nicht entgehen lassen und dürfte irgendwo im Saal sitzen.«

»Moran!«, raunte Holmes, blickte ins Publikum und rief: »Watson, da hinten sitzt er! Fassen Sie ihn!« Aus der hintersten Reihe erhob sich eine athletische Gestalt und stürmte aus dem Saal. Er war schon draußen, bevor ich meine Reihe verlassen konnte. »Bleiben Sie hier, mein Freund«, hielt Holmes mich von einer aussichtslosen Verfolgung ab. »Moran wird uns nicht durch die Lappen gehen.«

Der Weihnachtsdieb

»Wie entzückend, dass wir uns wiedersehen, lieber Holmes«, sagte Lady Dupont und nippte an ihrem Tee. Wir saßen in ihrer Suite im Savoy Hotel mit Blick auf die Themse. Lady Dupont wohnte in Brighton, war zu Besuch in London und hatte uns zu Tee und Scones mit Konfitüre und Clotted Cream eingeladen. Holmes hatte vor Jahren den Mord an ihrem Butler aufgeklärt. Er lächelte der Gastgeberin zu: »Ganz unsererseits, die Freude.«

»Jetzt, da Sie beide zugegen sind, fühle ich mich gleich viel sicherer. Denn stellen Sie sich vor: In diesen exklusiven Mauern geht ein Dieb um, sozusagen ein Adventsdieb. Man weiß nicht genau, wie er es anstellt, aber er räumt reihenweise Hotelzimmer aus. Niemand hat ihn je gesehen. Ein Phantom, das unerwartet zuschlägt.«

Holmes zeigte sich wie immer interessiert, wenn es um Kriminalistik ging. »Faszinierend«, sagte er. »Ein regelrechter Fantômas.«

Ich fügte hinzu: »Wie Herr Brecht formulieren würde: ›Was ist schon der Einbruch in eine Bank gegen die Gründung einer Bank?‹«

Die Lady runzelte die Stirn: »Auch wohlhabenden Menschen wie mir tut es weh, bestohlen zu werden.«

Ich hob abwiegelnd die Hände: »Selbstverständlich – nur ein Zitat aus der Welt des Theat. . .«

Es klopfte. Ein Herr trat ein, bevor die Lady »Herein!« sagen konnte. Um die dreißig, gutaussehend, gepflegte Erscheinung. Als er uns erblickte, schrak er zurück und sagte: »Entschuldigen Sie bitte, Ma'am, ich habe mich in der Tür geirrt. Mein Zimmer ist direkt nebenan. Ich bitte um Verzeihung.« Dann schloss er die Tür wieder.

»Was für ein reizender junger Herr«, sagte die Lady. »In meinen jüngeren Jahren, ja . . .«

Holmes fragte: »Gestatten Sie, dass ich Ihr Hoteltelefon benutze?« Er ging hinüber und wählte die Nummer der Rezeption. »Auf dem Flur der 4. Etage befindet sich der gesuchte Dieb. Jung, schlank, brünett, rotes Tuch in der Tasche seines Jacketts. Setzen Sie ihn fest und rufen den Yard!«

Der Weihnachtsdieb Auflösung

Der Hoteldetektiv hielt den jungen Mann mit festem Griff. »Aber Grundgütiger, Sie brechen diesem netten Menschen ja den Arm!«, empörte sich Lady Dupont. »Und ich kann mir auch gar nicht vorstellen, dass so ein charmanter Bursche etwas Böses im Schilde führt.

»Es ist das Kapital solcher Gentleman-Verbrecher, dass man ihnen nichts Übles zutraut, Ma'am«, erklärte Holmes.

»Das wird aber nicht der einzige Grund sein, warum ich diesen Burschen festsetzen sollte, Sir«, sagte der Hoteldetektiv.

»Mitnichten«, sagte Holmes. »Lady Dupont – Sie fanden es sicher reizend, dass der junge Mann nur Augen für Sie hatte. Woher aber sollte er wissen, dass es Ihre Suite war und nicht Watsons oder meine?«

»Nun, er hat sich eben zuerst an die einzige anwesende Dame gewandt«, sagte die Lady und lächelte dem jungen Mann zu.

»Möglich«, sagte Holmes. »Wenn er aber dachte, dass er sein Zimmer betrete – warum hat er dann geklopft?« Die Lady schwieg.

»Touché«, sagte der Hoteldetektiv, »er wollte nur nicht als offensichtlicher Eindringling dastehen, wenn jemand im Zimmer wäre.«

Inspector Lestrade kam in den Korridor gehastet. »Scotland Yard hat schon alles aufgeklärt«, japste er. »Der Bursche ist auf ältere Damen spezialisiert und späht ihre Zimmernummern beim Einchecken aus.«

»Sie ungehobelter Kerl! Ältere Dame! Unerhört!«, rief Lady Dupont beleidigt.

»Gehen wir lieber wieder ins Zimmer und genießen Tee und Scones«, schlug ich schnell vor, als der junge Mann abgeführt wurde.

Ophelias Schimpfen

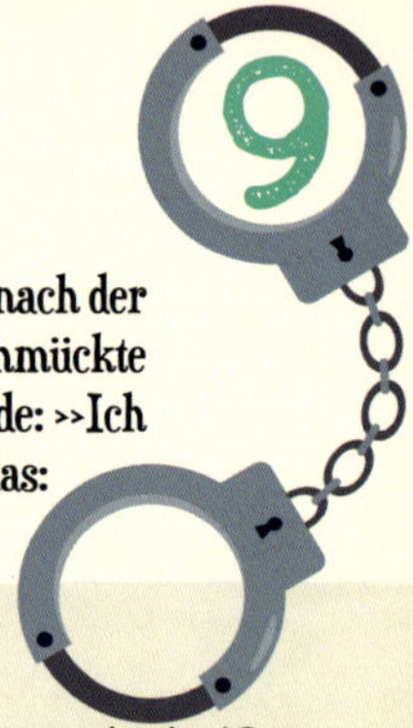

Inspector Lestrade war heute recht friedlich. Vielleicht hatte er ein schlechtes Gewissen nach der voreiligen Ankündigung, die Sondereinheit zu rufen. Er kam ins weihnachtlich geschmückte Wohnzimmer der 221B Baker Street und überreichte Holmes das Kuvert ohne Umstände: »Ich bin selbst schon neugierig, was Moran diesmal schreibt.« Holmes öffnete den Brief und las:

Werter Mr. Holmes,

ist Ihr kriminelles Blut schon in Wallung? Hören Sie, wie Ihr Großonkel Ihrer kriminellen Energie applaudiert? Nun denn, schreiten wir zu einer Schnitzeljagd. Wo ist Sophie? Grenzen wir das Gebiet ein: Sie ist ... nicht in San Francisco – nur was soll das heißen? Sie ist auch nicht dem Ruf der Wildnis gefolgt. Meist ist sie eine unerträgliche Nervensäge. Kaum sitzt sie einmal ruhig auf ihren vier Buchstaben, sondern zetert unerbittlich ... Man kann sie 84-mal zur Ordnung rufen, es hilft nichts. Doch halt, ich komme ins Plaudern: In der Kürze liegt die Würze. Als Entführer soll man sich nicht über seine Geisel beklagen, doch ist Sophie ganz und gar keine Ophelia, zwar schön, aber keine Spur von fügsam. Im Gegenteil: kratzbürstig, unverschämt ... Das geziemt sich nicht für eine Gefangene, die täglich ihr Leben aushauchen kann. Allerdings wäre eine Hinrichtung Ihrer Nichte in dieser Umgebung nur wenig originell. Jedenfalls kann sie so laut schreien, wie sie mag – hier hört sie ohnehin keiner. Wer weiß, vielleicht kommt sie von hier doch noch nach San Francisco. Nun wissen Sie es aber, nicht wahr, Holmes?

gez. Colonel Sebastian Moran

»Sagen Sie bloß, Sie werden aus dem konfusen Geschreibsel schlau, Holmes«, sagte Lestrade.

»Allerdings, Inspector. Wir haben Sophie zwar noch nicht gefunden, aber das Gebiet ist schon etwas eingegrenzt.«

Ophelias Schimpfen Auflösung

>>Es ist nicht sonderlich schwierig<<, sagte Holmes. >>Moran weist zunächst darauf hin, dass Sophie noch in London ist, nämlich über den Hinweis auf San Francisco.<<

>>Wie das?<<, fragte ich irritiert. – >>San Francisco verweist auf London, und zwar über Jack London, der dort geboren ist. Auf Jack London wiederum kommt man über den Titel seines Romans >Ruf der Wildnis<. Moran stellt damit gleichzeitig klar, dass sich Sophie noch im Stadtgebiet befindet<<

>>Und das übrige Wirrwarr?<<, fragte Lestrade.

>>Das lässt sich ebenso leicht dechiffrieren<<, fuhr Holmes fort. >>Die >4 Buchstaben< stehen für >Popo<, abgekürzt >Po<.<<

>>Und was soll das 84-mal zur Ordnung …?<<, wollte Lestrade wissen.

>>Welches chemische Element hat im Mendelejew'schen Periodensystem das Symbol >Po<, Watson?<<

>>Das Polonium<<, ging mir ein Licht auf, >>mit der Ordnungszahl 84.<<

>>Und was soll Polonium hier?<<, fragte Lestrade.

>>Kennen Sie Ihren Shakespeare, Lestrade? Der Vater Ophelias im Hamlet ist Polonius. Von ihm stammt auch das Zitat: >In der Kürze liegt die Würze.<<<

>>Hamlet!<<, rief ich. >>Ich weiß, worauf Sie hinauswollen. Auf die Tower Hamlets!<<

>>Exakt. In diesem Bezirk liegt der Tower of London, wo bis vor Kurzem auch Hinrichtungen durchgeführt wurden. Höchstwahrscheinlich befindet Sophie sich in den Docklands, einem Stadtteil der Tower Hamlets, denn vom Hafengebiet könnte sie per Schiff nach San Francisco gelangen.<<

>>Die Docklands sind enorm groß, Holmes<<, sagte ich.

>>Allerdings. Warten wir auf weitere Hinweise<<, sagte Holmes.

Mord in der Weihnachtssauna

»Dieser Tannennadelduft hat etwas Weihnachtliches – trotz der Umstände«, sagte ich, als wir die Saunaanlage betraten. »Deswegen hat Lestrade uns aber wohl nicht rufen lassen«, erwiderte Holmes und ging zu der Gruppe aus drei Beamten von Scotland Yard, die hitzig debattierten. »Da sind Sie ja«, rief Lestrade, als er uns erblickte. »Wir erwarten Sie schon!« – »Der Inspector kommt mal wieder nicht weiter«, flüsterte ich Holmes ins Ohr.

»Das habe ich gehört!«, sagte Lestrade beleidigt. »Also versuchen Sie Ihr Glück – bitte, die Leiche!« Die Beamten traten zur Seite. Hinter ihnen lag ein nackter Toter, Mitte 40, mit einer Stichwunde in der Brust.

»Wir haben auch nur einen einzigen Zeugen: Der Tote kam mit einem Freund einmal pro Woche in diese Sauna. Der Freund sagt aus, sie seien wie üblich nach dem ersten Saunagang getrennt ins Freie gegangen, um sich dort abzukühlen. Dabei blieben die beiden immer für sich. Auf diesem Liegestuhl hier wurde das Opfer dann erstochen. Der Freibereich ist groß, voller Büsche und Bäume für etwas Privatsphäre. Außerdem ist er von einer vier Meter hohen Mauer umgeben. Um da herüberzukommen, muss man ein Zirkusartist sein.«

»Und die beiden Männer waren die einzigen Saunierer?«, fragte Holmes.

»Ja, sonst war nur der Inhaber der Anlage anwesend, und der telefonierte im Büro in der fraglichen Zeit mit der Bauaufsicht. Haben wir geprüft.«

»Wo ist denn die Stichwaffe?«, fragte ich.

»Es gibt keine«, sagte Lestrade. »Wir haben alles auf den Kopf gestellt und nichts Spitzes gefunden. Der Tote hatte nur ein Buch von Joseph Conrad dabei und der Freund eine leere Thermosflasche.«

»Dann muss also doch jemand von außen über die Mauer gekommen sein«, folgerte ich. »Aber unbemerkt von den ganzen Passanten draußen ...?« – »Nicht so schnell, lieber Watson«, sagte Holmes. »Ich nehme an, der Freund streitet alles ab?«

»Richtig«, sagte Lestrade.

»Nun, das wird ihm nicht helfen.«

Mord in der Weihnachtssauna Auflösung

»Es ist wie so oft«, sagte Holmes, »wenn alles Unmögliche ausscheidet, muss die übriggebliebene Möglichkeit die Lösung sein, gleichgültig, wie unwahrscheinlich sie ist.«

»Und was soll das in diesem Fall heißen?«, fragte der Inspector.

»Der Inhaber hat ein felsenfestes Alibi und nur ein Ninja hätte die Mauer überwinden können, aber er wäre von den Menschen auf der Straße gesehen worden«, sagte Holmes.

»So weit waren wir auch schon«, schnaubte Lestrade.

»Allerdings sind Sie nicht den entscheidenden Schritt weitergegangen«, sagte Holmes.

»Dass der Freund zugestochen hat, ist doch unmöglich, Holmes«, sagte Lestrade. »Womit denn bitte? Mit Conrads ›Lord Jim‹?«

»Mitnichten«, sagte Holmes. »Die Mordwaffe war in der Thermosflasche.«

»Sie wollen mich verschaukeln!« – »Die übriggebliebene Möglichkeit ist: In der Isolierkanne befand sich ein spitzer Eiszapfen. Damit hat der angebliche Freund das Opfer erstochen und das Eis anschließend schmelzen lassen. Darum hat man keine Tatwaffe gefunden.«

Lestrade war bass erstaunt. »Manchmal glaube ich, Colonel Moran hat recht: Es ist Ihre eigene kriminelle Energie, die Sie so denken lässt wie die Täter.«

»Mein Großonkel H. H. Holmes war grausam, aber nicht sonderlich originell. Sein Erbgut taugt kaum dazu, Rätsel der Kriminalistik zu lösen. Diese Fähigkeiten habe ich mir selbst beigebracht.«

Der Denar des Kaisers

Die Weihnachtszeit ist doch etwas sehr Schönes, finden Sie nicht, lieber Watson?‹‹ Wir schlenderten an den Ständen in Covent Garden vorbei. Auf einmal schien Holmes weiter vorne etwas zu erspähen, das seine Aufmerksamkeit erregte. Zielstrebig steuerte er darauf zu. Als wir näherkamen, sah ich in der Auslage eines Standes ein verdächtiges Glänzen. ››Münzen‹‹, jubelte Holmes. Ich wusste, was das hieß: Die nächste Zeit würden wir uns mit Prägungen, Legierungen und Randschriften beschäftigen. Holmes liebte die Numismatik und verfügte selbst über eine ansehnliche Münzsammlung.

››Der Herr kennt sich aus?‹‹, fragte der Händler, als Holmes sein Vergrößerungsglas aus der Tasche zog, das er immer bei sich trug, und die glänzenden Geldstücke begutachtete. ››Nun ja‹‹, mein Freund winkte ab, ››es ist nicht viel mehr als eine kleine Liebhaberei.‹‹ Aber der Händler schien seine Chance gekommen zu sehen. Aus der Menge an Münzen zu schließen, die auf dem Tisch vor ihm lagen, war der Tag noch nicht besonders erfolgreich für ihn verlaufen. ››Hier finden Sie wahre Raritäten. Diese etwa‹‹, er deutete auf eine kupferfarbene Münze, ››stammt aus der Zeit des Dreißigjährigen Krieges. Und diese‹‹, sein Finger zeigte auf ein unscheinbares Geldstück ganz am Rand, ››ist ein Fugio-Cent . . .‹‹ – ››. . . eine der ersten offiziellen Münzen der Vereinigten Staaten von Amerika‹‹, vollendete Holmes die Ausführungen des Verkäufers. Der nickte anerkennend. ››Ein wahrhafter Fachmann. Warten Sie‹‹, er bückte sich und holte aus einer Schachtel hinter sich eine kleine Schatulle hervor. Als er sie öffnete, lag darin auf purpurfarbenem Samt eine Silbermünze. ››Eine Kostbarkeit für echte Kenner. Dieser Denar stammt aus der Zeit Kaiser Diokletians. Er trägt das Prägedatum 46 vor Christus. Sehen Sie nur!‹‹ – ››Unglaublich!‹‹, hörten wir eine Dame ausrufen. Offenbar hatte sie schon länger, von uns unbemerkt, neben uns gestanden. ››Unglaublich ist der passende Ausdruck‹‹, meinte auch Holmes.

Der Denar des Kaisers Auflösung

»Ihnen würde ich dieses unschätzbar wertvolle Einzelstück zu einem Sonderpreis überlassen«, der Händler warf Holmes einen verschwörerischen Blick zu. »Bei Ihnen weiß ich es in den richtigen Händen. Sehen Sie es sich ruhig genauer an.« Aber Holmes hatte sein Vergrößerungsglas wieder in die Tasche gesteckt. »Ich weiß bereits genug«, erwiderte er, »und verzichte dankend. Und Ihnen«, damit wandte er sich an die Dame, die sich gerade so beeindruckt gezeigt hatte, »rate ich auch dringend vom Kauf ab. Sie kämen damit nur in den Besitz von Spielgeld, wie man es kleinen Kindern für ihren Kaufmannsladen schenkt.« – »Ich ... unerhört ...«, rief nun der Händler. »Sie schädigen meinen guten Ruf.« – »Seien Sie dankbar, wenn ich nicht auch noch die Polizei rufe«, erwiderte Holmes. – »Was stimmt denn nicht mit dieser Münze?«, fragte die Dame. »Sie macht doch einen wertvollen Eindruck.« – »Das Wertvollste daran dürfte das Samt sein, auf dem sie liegt«, erklärte Holmes. »Der Rest ist Schein. Große Namen, falsch zusammengewürfelt. Kaiser Gaius Aurelius Valerius Diokletianus, aus dessen Ära die Münze angeblich stammen soll, lebte nicht im ersten Jahrhundert vor, sondern im dritten nach Christi Geburt. Zu dieser Zeit gab es allerdings als Währung den Argenteus. Und wie kann auf einer Münze die Jahreszahl 46 vor Christi Geburt stehen? Zu dieser Zeit wusste niemand, dass 46 Jahre später der Heiland geboren würde, dessen Fest wir in wenigen Wochen feiern.«

Tod im Kaminzimmer

Ich verstehe es nicht.« Der junge Lord William saß fassungslos im Sessel neben dem Bett, in dem sein Bruder Malvin lag. Tot. »Gestern war er noch am Leben, wir haben zusammen im Kaminzimmer gesessen und ...« – »Das haben Sie inzwischen zum vierten Mal gesagt«, unterbrach ihn Inspector Lestrade ungeduldig. Er sah zu Holmes und mir hinüber und schüttelte missmutig den Kopf. »So kommen wir nicht weiter. Lord Malvin ist tot, und ich sehe keinen Hinweis, warum er nicht eines natürlichen Todes gestorben sein sollte.«

Ich schnupperte, irgendetwas roch hier eigenartig modrig oder moorig. Auch meinem Freund musste der Geruch aufgefallen sein, denn er beugte sich über den Kopf des Toten und fächelte sich mit der Hand etwas Luft zu. »Sie befanden sich also zusammen im Kaminzimmer«, wandte er sich dann an Lord William. Der nickte. »Lydia hatte uns noch einen Drink gebracht.«

»Lydia?«, fragte Holmes.

»Unsere Cousine. Sie hat sich gerade etwas hingelegt. Die Aufregung.«

Aber Holmes interessierte sich wenig für das Befinden von Cousine Lydia. »Was hat sie Ihnen denn serviert?«

Der Lord sah ihn verwirrt an. »Whisky, wie immer. Und diesmal hatte sie ihn hübsch dekoriert, um die Gläser herum lagen Tannenzweige. Weil doch bald Weihnachten ist, hat sie gemeint. Auch in den Eisstücken waren kleine, zerschnittene Tannennadeln eingefroren. Lydia gibt sich immer solche Mühe mit allem.«

Holmes nickte. »Sagen Sie, Lord William, haben Sie keinen Whisky getrunken?«

»Doch«, antwortete der junge Mann. »Das habe ich. Sogar sehr schnell.« Er versuchte zu lächeln. »Ich mag es nicht, wenn Eis sich auflöst und den Whisky verwässert.«

Noch einmal nickte mein Freund. »Eine letzte Frage noch. Das Vermögen Ihres seligen Vaters, wer würde es erben, wenn Sie und Ihr Bruder nicht mehr wären?«

Jetzt wirkte Lord William überrascht. »Lydia. Auch mein Vater mochte sie sehr.«

Tod im Kaminzimmer

Auflösung

»Wozu das alles?«, erklang wieder die Stimme von Lestrade. Er hatte sich, offenbar von der Sinnlosigkeit seines Kommens überzeugt, abseits auf einen Stuhl gesetzt. »Lord Malvin ist in seinem Bett gestorben, das ist kein Fall für den Yard.«

Statt etwas zu erwidern, wandte sich mein Freund erneut an Lord William. »Nachdem Ihr Bruder seinen Whisky getrunken hatte, haben seine Lippen da eine kirschrote Farbe angenommen?« Der Angesprochene nickte. »Und seine Pupillen haben sich erweitert? Er ist blass geworden?« Wieder nickte Lord William und sagte dann: »Er hat sich schlecht gefühlt. Er dachte, es liege daran, dass er zwei Tage zuvor dem Armenhaus einen Besuch abgestattet hatte. Viele dort sind momentan krank, er könnte sich angesteckt haben.«

Holmes schüttelte den Kopf. Dann winkte er Lestrade, der immer noch gelangweilt in seinem Stuhl lümmelte, zu sich. Er forderte ihn auf, sich über den Toten zu beugen. »Es stinkt bereits nach Fäulnis«, stellte Lestrade übellaunig fest.

»Nach Moder«, bestätigte mein Freund. »Der typische Geruch einer Vergiftung mit Taxin, dem Gift der Eibe.«

»Die Dekoration!«, rief nun Lord William.

»Richtig«, sagte Holmes, »Sie stammte nicht wie vermutet von einer Tanne, sondern von einer Eibe. Deren Nadeln waren auch in den Eiswürfeln enthalten. Schon der Verzehr einiger weniger genügt für eine tödliche Vergiftung. Aber bis es so weit war, hatte sich Ihr Bruder schon zurückgezogen.«

»Und ich …«

»… Sie leben nur deshalb noch, weil Sie den Whisky getrunken hatten, bevor das Eis schmelzen konnte. Hätten Sie länger gewartet, wäre Ihre fürsorgliche Cousine Lydia jetzt eine reiche Erbin.«

Das Rätsel der Suffragette

13

Draußen wurde es langsam dunkel, und auch die Temperatur sank immer weiter. Bei uns in der Baker Street 221B jedoch knisterte das Feuer im Kamin. Die gute Mrs. Hudson hatte für uns den Teetisch gedeckt und einige ihrer berühmten Mandelkekse auf einem Schälchen drapiert. »So könnte es jeden Tag sein«, meinte ich und Holmes lächelte. »Wäre es jeden Tag so geruhsam wie heute, würde uns vielleicht ...« Wie zum Beweis, dass uns Ruhe ohnehin nur vorübergehend vergönnt war, erklang nun zuerst die Türglocke, gleich darauf ertönte Lestrades missmutige Stimme: »Nachmittagstee?« Es folgte ein kurzes, ironisches Lachen, während seine Schritte näherkamen. »Dann bringen Sie mir doch bitte auch eine Tasse, Mrs. Hudson. Und Kekse!« Die Tür wurde geöffnet, Lestrade stürmte herein. Er warf einen der uns inzwischen vertrauten Briefe auf den Tisch. »Bitte, ich mache das wirklich gerne für Sie.« Holmes bedeutete unserem ungebetenen Gast, Platz zu nehmen, und öffnete den Brief.

Ihre Nichte Sophie wird von Tag zu Tag aufsässiger. Frauen, so hat sie mir gestern erklärt, seien nicht nur genauso klug wie Männer, nein, sie seien sogar klüger! Und als wäre ihr der Teufel persönlich zu Hilfe geeilt, hat sie mir ein Rätsel aufgegeben, das zu lösen mir unmöglich ist. Aber jetzt ist diese Tochter einer Suffragette zu weit gegangen. Ihr Hochmut wird ihr zum Verhängnis werden. Denn wenn Sie, werter Mr. Scharfsinn, diese Aufgabe genauso wenig wie ich beantworten können, dann stirbt sie an ihrer eigenen Frechheit. Der Strick, das Gift, die Axt, die Waffe, sie alle liegen schon bereit. Ich habe mich nur noch nicht entschieden. Oh, ich habe nicht übel Lust, das unverschämte Fräulein gleich jetzt zu ermorden. Aber sei's drum, ich bin ein Gentleman, und so erhält sie ihre Chance. Hier das Rätsel, zu allem Überfluss auch noch in Reimform: Ich habe nur ein Angesicht. / Es wird erhellt von fremdem Licht. / Erhellt's mich nicht, / das fremde Licht, / Sieht man mich nicht.

gez. Colonel Sebastian Moran

Das Rätsel der Suffragette Auflösung

Holmes ließ den Brief sinken. »Kleine Sophie«, sagte er, »es wird wirklich Zeit, dass ich dich aus den Fängen deines ungehobelten Entführers befreie. Schon damit du Watson und mich wieder einmal zum Tee besuchen und mit deiner Intelligenz erfreuen kannst.«

»Sie sind gut«, schimpfte Lestrade. »Ihre Nichte setzt ihr Leben aufs Spiel, hält den ganzen Yard auf Trab, und Sie loben ihren Verstand. Angesicht, fremdes Licht. Was für ein Unsinn ist das nun wieder?« Er vernichtete knirschend zwei der herrlichen Mandelkekse auf einmal.

»Ich weiß nicht recht«, gab nun auch ich zu bedenken. »Sophie sollte einen so gefährlichen Mann wie Moran nicht herausfordern. Zudem auch mir das Rätsel kaum lösbar erscheint.«

Aber Holmes trank ganz entspannt von seinem Tee. »Die liebe Sophie ist eine Romantikerin, ganz im Gegensatz übrigens zu Ihnen beiden, meine Herren.« Er lächelte.

»Da sucht sie sich ja den passenden Moment aus für ihre Romantik!« Lestrade schnaubte. »Lassen Sie hören. Ich habe wirklich keinen Bedarf, Ihre Nichte zerstückelt aus der Themse zu ziehen.«

»Was leuchtet nicht aus eigener Kraft?«, fragte Holmes und sah uns beide an. »Nun, es ist der Mond«, erklärte er dann. »Würde er nicht vom Licht der Sonne beschienen, so könnten wir ihn nicht am Himmel sehen. Lassen Sie uns also schnell bei der Times anrufen. Sophie darf ihrem Entführer noch eine Weile das Leben so schwer wie möglich machen.«

Die tödliche Betriebsprüfung 14

Ein erschossener Rüstungsunternehmer – welch tragische Ironie«, sagte Holmes. – »Und zwar mit seiner eigenen Pistole, einer Walther PPK«, fügte der Rechtsmediziner hinzu. »Zwei Schüsse in die Brust, aus drei Metern Entfernung.« Wir standen im Büro von Simon Caralan, der tot in seinem Blut unter dem Weihnachtsbaum lag. »Außer der abgefeuerten Waffe findet sich hier kein Indiz. Gar nichts!«, fluchte Lestrade. »Wenigstens warten draußen noch zwei Zeugen, die völlig aufgelöst sind und sich gegenseitig trösten.« Wir gingen hinaus und trafen auf Florence Caralan, die Witwe, und Julian Tavern, einen leitenden Angestellten. Sie lagen sich in den Armen. »Welch ein Unglück!«, klagte Tavern. »Übermorgen ist Betriebsprüfung. Deshalb waren Mr. Caralan und ich so spät noch da. Und Mrs. Caralan! Sie arbeitet mit mir im gleichen Büro und hilft mir mit den Unterlagen.«

»Und wann entdeckten Sie die Leiche?«, fragte Holmes.

»Ich halte meinen Arbeitstag akribisch in meinem Notizbuch fest.« Tavern ignorierte Lestrade und gab das Büchlein gleich dem berühmten Privatdetektiv. Der übergangene Inspector schnaubte verächtlich. Holmes las den letzten Eintrag. »Ihr Chef rief Sie also um 20 Uhr über die Hausleitung an?«

»Ja, er sagte, ich solle dringend in sein Büro kommen. Ich ließ sofort alles stehen und liegen. Auf dem Weg hörte ich zwei Schüsse. Ich sah noch, wie ein Mann mit schwarzer Skimaske aus dem Büro meines Chefs kam und davonrannte.« – »Haben Sie danach irgendetwas am Tatort berührt oder verändert?«, fragte Holmes.

»Nein, nichts! Ich habe nichts angefasst,« sagte Tavern.

»So war es«, bestätigte die Witwe. »Ich lief herbei, als ich die Schüsse hörte.« Die beiden umarmten sich erneut.

»Zumindest steht Mr. Caralan Ihrem gemeinsamen Glück jetzt nicht mehr im Weg«, sagte Holmes.

»Wie geschmacklos«, fauchte die Witwe. »Mein Mann ist soeben verschieden.«

»Geschmacklos nenne ich Ihren gemeinschaftlich begangenen Mord«, sagte Holmes.

Die tödliche Betriebsprüfung Auflösung

Lestrade stemmte die Hände in die Seiten. »Nur weil Mr. Tavern und Mrs. Caralan offenbar vertraut miteinander sind, können Sie ihnen doch keinen Mord unterstellen, Holmes. Ein Motiv allein reicht dafür zumindest bei Scotland Yard nicht aus.«

»Wir sind gar kein Paar!«, rief die Witwe und versuchte, einen Fleck Lippenstift an Taverns Kragen fortzuwischen.

»Lassen wir das unberücksichtigt«, sagte Holmes. »Ich unterstelle nicht – ich weise nach, mit Verlaub.«

»Da bin ich gespannt«, sagte Lestrade.

»Stutzig hat mich schon gemacht, dass der Anruf Ihres Chefs in Ihrem Notizbuch vermerkt ist, Mr. Tavern.« – »Ich bin eben akkurat«, sagte der.

»So akkurat, dass Sie nach dem Entdecken seiner Leiche eintragen, dass Ihr damals noch lebender Chef Sie kurz vorher angerufen hat?« – »Ja, nein, also …«

»Denn um 20 Uhr soll Mr. Caralan Ihnen ja gesagt haben, dass Sie dringend kommen sollen. Und Sie haben angeblich alles stehen und liegen gelassen.«

»Also, ja, ich kann das erklären …«, stammelte Mrs. Caralan.

»Können Sie nicht«, erwiderte Holmes kalt. »Und Sie können beide ebenso wenig erklären, warum die Polizei keine Patronenhülsen entdeckt hat, wenn Sie nichts angefasst haben wollen. Sollte der Täter etwa die Waffe liegengelassen, aber die Patronenhülsen aufgesammelt haben?« Die beiden blickten Holmes entsetzt an. Er fuhr ungerührt fort: »Und jetzt, erst jetzt, kommen wir zum Motiv. Der Ermordete war Ihrer Liebe im Weg – so weit zur romantischen Seite der Tat –, und er hinterlässt mit seinem Rüstungsunternehmen ein beachtliches Erbe, das Sie auch zu verwalten wissen.«

»Eine Liebe bis zum Schafott«, sagte ich.

Der fürchterliche Mr. Harris

Es ist wirklich ungeheuerlich‹‹, Holmes senkte die Zeitung, in der er gerade las, und sah zu mir herüber. ››Mr. James Harris ... Sie wissen, von wem ich spreche, Watson?‹‹ – Ich nickte. ››Der Leiter des städtischen Armenhauses, ein fürchterlicher Mensch.‹‹

››Das will ich meinen‹‹, sagte Holmes und klang so erbost, wie ich ihn bisher nur selten erlebt hatte. Mein Freund deutete mit der Hand auf die Zeitung. ››Die Kinder hält er in Armut, keine Heizung, kaum genug zum Essen. Die Zeitung hat nun herausgefunden: Stattdessen verprasst er das Geld des Waisenhauses beim Glücksspiel. Aber jetzt ist es aus!‹‹ Noch einmal nickte ich und wollte gerade etwas antworten, als es unten an der Tür läutete.

Eine halbe Stunde später standen wir in einer der Lagerhallen am Hafen. Neben uns ein ratloser Inspector Lestrade mit zweien seiner Männer. Von der fünf Meter hohen Decke hing an einem Seil um seinen Hals ein Mann. Stranguliert. Wir erkannten den Toten sofort: Es handelte sich um eben jenen Mr. Harris, Leiter des Waisenhauses, von dessen unseriösem Gebaren wir gerade in der Zeitung gelesen hatten. Allerdings hing er außergewöhnlich hoch in der Luft. ››Selbstmord?‹‹, schnaubte Lestrade. ››Worauf soll er denn gestanden haben? Darauf vielleicht?‹‹ Er deutete auf ein Häuflein Asche und eine kleine Pfütze auf dem Fußboden direkt unterhalb des Toten. ››Er ist schließlich nicht nach oben geschwebt, um dann seinen Kopf in die Schlinge zu legen. Und warum auch? Weil bekannt geworden ist, dass er Geld veruntreut? Er hat sich noch nie darum gekümmert, was über ihn geredet wird.‹‹

››Und er hat sein Leben auch keineswegs selbst beendet‹‹, meldete sich nun zum ersten Mal Holmes zu Wort. ››Sein Tod ist Teil eines überaus perfiden Spiels. Und eine weitere Botschaft an mich.‹‹

Der fürchterliche Mr. Harris

Auflösung

»Natürlich«, höhnte Lestrade. »Alles in dieser Stadt bezieht sich auf unseren Meisterdetektiv! Nun, immerhin hat es hier keinen Unschuldigen getroffen. Vielleicht ist es die späte Rache eines seiner ehemaligen Waisenkinder.«

»Das wäre ein mögliches Motiv«, bestätigte Holmes, und Lestrade sah sehr zufrieden aus über dieses seltene Lob. »Aber womit ...?«

»Sehen Sie«, Holmes deutete auf das Wasser am Boden. »Das sind die letzten Reste eines großen Eisblocks, der«, er wies mit seiner Hand auf die Asche, »mit einem brennenden Holzscheit, dessen Reste wir hier vor uns haben, geschmolzen wurde.«

»Sie meinen, Mr. Harris musste auf den Block steigen?«, fragte ich. Holmes nickte. »Und als das Eis schmolz ...«

»... gab der Halt unter ihm nach und das Werk des Mörders konnte sich von selbst vollenden.«

Jetzt schaltete sich Lestrade wieder ein: »Eisblock und Holzscheit hätte Mr. Harris aber auch selbst arrangieren können. Hat er am Ende doch sein Gewissen entdeckt?«

»Durchaus nicht. Der Mörder, und ich gehe davon aus, dass es sich nicht um ein Waisenkind, sondern um Sebastian Moran handelt, hat mir damit bestätigt, dass Sophie irgendwo hier in den Docks gefangen gehalten wird. Mit dieser Tat bekräftigt er einmal mehr, wie ernst es ihm mit seiner Entführung ist.« Er bückte sich zu dem Toten herab, der inzwischen vom Seil geschnitten und auf den Boden gelegt worden war, und zog aus dessen Manteltasche einen Zettel. Und richtig: »Ihrer renitenten Nichte bleibt nur noch wenig Zeit«, las cr vor.

Der geköpfte Prinz

16

Es macht Ihnen doch nichts aus, Holmes, wenn ich Ihre an den Yard adressierte Weihnachtspost diesmal schon geöffnet habe?‹‹ Lestrade legte ein Kuvert mit der neuen Nachricht von Colonel Moran vor uns auf den Tisch. ››Diesmal dürfen Sie sich mit einem anderen Superhirn messen, Herr Meisterdetektiv. Moran schickt Ihnen ohne weiteren Kommentar ein Rätsel von niemand Geringerem als dem teutonischen Goethe.‹‹ Holmes las den Brief, auf dem in der Tat nur ein Gedicht und der Name des Dichters standen:

Ein Bruder ist's von vielen Brüdern, / In allem ihnen völlig gleich, / Ein nötig Glied von vielen Gliedern / In eines großen Vaters Reich. / Jedoch erblickt man ihn nur selten, / Fast, wie ein eingeschobnes Kind; / Die andern lassen ihn nur gelten / Da, wo sie unvermögend sind.

Lestrade nahm die Sanduhr vom Schachtisch und drehte sie um. ››Dieses Rätsel habe ich im gesamten Yard herumgezeigt. Niemand konnte es lösen. Ich wette diese Pfundnote, dass Sie nicht auf die Lösung kommen, bis der Sand durchgelaufen ist.‹‹ Er legte den Geldschein vor Holmes ab.

Der hob eine Braue. ››Werden Sie nicht vulgär, Lestrade. Spenden Sie das Geld lieber an die Carol Singers draußen. Wir sind hier auch gleich fertig.‹‹

››Aber Holmes‹‹, sagte ich, ››die Sternsinger freuen sich sicher über das Pfund – aber selbst Sie können doch unmöglich auf Anhieb lösen, woran ganz Scotland Yard gescheitert ist.‹‹

››Mein lieber Watson: In diesem Fall hilft nicht nur das Kombinieren weiter, sondern auch eine gewisse Kenntnis der europäischen Literatur. Und Namen wie Carlo Gozzi, Friedrich Schiller und Johann Wolfgang von Goethe.‹‹

››Wie das?‹‹, fragte Lestrade. ››Und wer ist dieser Cozzi?‹‹

››Gozzi, Lestrade, Gozzi‹‹, sagte Holmes. ››Er schrieb das Stück Turandot, das später von Puccini vertont wurde. Schiller bearbeitete das Stück und die Rätsel, die der Prinz lösen muss, um der Enthauptung zu entgehen. Vielleicht ein Hinweis auf Sophies Schicksal, sollte ich versagen? Schillers Freund Goethe steuerte ein Rätsel bei. Dieses.‹‹

Der geköpfte Prinz Auflösung

»Schön und gut mit Cozzi und Schiller«, sagte Lestrade. »Aber wer zum Geier ist dieser ›Bruder‹?«

»Sie sind zu ungestüm, Inspector«, erwiderte Holmes. »In diesem speziellen Fall versteht es der Dichter, das Rätsel eleganter aufzulösen als der Detektiv.« Er schritt zum Bücherregal und zog einen Band heraus. »Turandot ... Turandot ... Hier haben wir es.« Er las vor: »Aufführung in Weimar am 2. Februar 1802, nach dem gleichnamigen Stück von Carlo Gozzi, mit einem Rätselgedicht von Johann Wolfgang von Goethe.« Er blickte zu uns. »Schiller selbst variierte die Rätsel, die Prinzessin Turandot stellt, bei den verschiedenen Aufführungen fürs Publikum. Für die Zuschauer war es eine Freude und sie rieten mit.«

»Und die gottverdammte Lösung?«, rief Lestrade.

»Die finden wir nur mit einem kühlen Kopf«, entgegnete Holmes. »Eines der Rätsel stammt von Goethe, der für die Aufführung am 2. Februar mit einem Gedicht aushalf.«

»Jetzt bin ich auch gespannt«, sagte ich.

»Die Lösung stammt wieder von Schiller, gleichfalls in Reimen«, sagte Holmes. »›Der Sohn, der seinen vielen ›Brüdern‹ / in allen Stücken ›völlig gleicht‹ / und dennoch nur in ihren ›Gliedern‹ / wie ›eingeschoben‹ unterschleicht – / was gleicht sich wie ein Tag dem Tage?‹« Holmes blickte uns an.

»Es wird also ein Kalendertag gesucht?«, fragte ich.

»Exakt, Watson! Nur welcher?«

»Spannen Sie uns nicht auf die Folter und rufen lieber die Times an, Holmes«, forderte Lestrade. »Wie lautet der Vers mit der Auflösung?«

»›Es ist der Schalttag, den du meinst.‹«

»Ein Pfund für die Carol Singers«, sagte Lestrade mit Blick auf die Sanduhr.

Der kluge Entführer

Wir hatten das Haus in der Baker Street Nr. 221B gerade erst betreten, als uns schon Mrs. Hudson völlig aufgelöst entgegenlief. »Mr. Holmes, wir brauchen Ihre Hilfe, jetzt gleich, es ist dringend. Die Kinder meiner Nichte …«

»… sind verschwunden«, beendete Holmes den Satz.

»Woher wissen Sie das?«

»Das schließe ich aus Ihrer Aufregung. Kommen Sie, wir fahren sofort dorthin.«

Mrs. Linda Hagerty erwartete uns bereits. Sie bat uns ins Haus und öffnete die Tür zu einer kleinen Kammer, in der zwei ordentlich gemachte Betten standen. Auf einem Tisch lag das Buch Die Abenteuer des Herkules. »Ich wollte sie wecken, Tom und Mary meine ich, heute Morgen, aber sie waren nicht in ihrem Zimmer. Sehen Sie nur … ach, das ist alles so schrecklich.« Sie hielt uns einen Brief hin, dessen Schrift, vermutlich von ihren Tränen, zum Teil verwischt war. »Ich habe Ihre Kinder entführt«, las Holmes. »Und wenn Sie nicht bis heute Abend 50 Penny in die Kiste neben Ihrem Schuppen legen, kommen sie nie mehr zurück.«

»Und gestern war ich noch so böse auf sie, weil sie heimlich eine ganze Schachtel Weihnachtskekse gegessen hatten. Dabei … ach je … sie sind doch erst acht Jahre alt. Zwillinge, wissen Sie.«

»Wir werden sie finden«, beruhigte Holmes die verzweifelte Mutter. »Ich würde gerne einmal den Schuppen und die Kiste sehen.« Mrs. Hagerty führte uns hinaus in den kleinen Garten und wir sahen im Schnee zwei Fußspuren. In der Nacht hatte es aufgehört zu schneien, sodass die Abdrücke deutlich zu erkennen waren. Hier waren eindeutig kleine Kinderfüße entlanggegangen. Allerdings führten die Spuren nicht vom Haus zum Schuppen, sondern in die umgekehrte Richtung, vom Schuppen zum Haus. »Haben Sie das Lösegeld dabei?«, erkundigte sich mein Freund, und zu meiner Überraschung sah ich, dass er lächelte. »Ohne die 50 Penny werden sie sich vermutlich nicht zeigen.« Dann klopfte er an die Schuppenwand. »Tom, Mary, ihr seid zwei kluge Kinder. Aber durchschaut habe ich euch trotzdem.«

Der kluge Entführer Auflösung

Wir warteten. Nichts geschah. »Wieso sollen sie dort drinnen sein?«, fragte Mrs. Hudson. »Und der Entführer ist bei ihnen?« Holmes, der immer noch vergnügt lächelte, deutete auf die Fußspuren vor uns im Schnee. Dann drehte er sich zu mir um. »Sehen Sie, was ich sehe, Watson?«

»Ich sehe kleine Fußabdrücke«, bestätigte ich. »Aber sie führen in die verkehrte Richtung, weg vom Schuppen.«

»Das stimmt.« Mein Freund schien sich dieses Mal wirklich köstlich zu amüsieren. »Es sind, wie gesagt, zwei sehr kluge Kinder und sie haben ihre antiken Heldensagen gründlich gelesen.« Er ging die wenigen Meter zurück zum Haus, drehte sich dann um und bewegte sich nun im Rückwärtsgang wieder auf den Schuppen zu. Seine großen Spuren verliefen dabei genau parallel zu den kleinen. Mrs. Hagerty schlug die Hände vor den Mund. »Diese beiden ...!«, setzte sie an. »Schimpfen Sie nicht mit ihnen«, bat Holmes. »Genau so macht es nämlich der Rinderdieb in einer Sage des Herkules. Er zieht die Rinder rückwärts in eine Höhle, damit der bestohlene Herkules glaubt, sie seien aus der Höhle hinaus- und nicht in sie hineingegangen. Haben Sie das Buch im Zimmer liegen sehen? Außerdem sind 50 Penny als Lösegeld wohl doch etwas wenig für einen richtigen Entführer, meinen Sie nicht?« Jetzt hörten wir aus dem Inneren des Schuppens Schritte, die Tür öffnete sich und zwei Kindergesichter lugten vorsichtig durch den Spalt. »Kommt heraus, ihr zwei«, rief Mrs. Hagerty, zu erleichtert, um noch wütend zu sein. »Es gibt Tee und Kekse.«

Die Wahl der Pille

Der Pub Spaniards Inn war mit grünen Zweigen von Mistel, Stechpalme, Efeu und Lorbeer geschmückt. Inspector Lestrade saß über seinem dritten Pint Ale und war verzweifelt. »Das ist doch zum Haareraufen!«, rief er und blickte Holmes und mich traurig an.

»Aber Inspector«, versuchte ich ihn aufzumuntern, »Sie haben endlich den berüchtigten Serienmörder gefasst, diesen James Sotheby.«

»Das schon«, sagte Lestrade, »aber wir haben nicht die leiseste Ahnung, welchen perfiden Trick er angewendet hat.« Er nahm einen letzten Schluck aus dem Glas, bestellte ein neues Ale und seufzte. »Eine der Toten hatte sogar Ähnlichkeit mit meiner Tochter. Was für ein Satan!«

Ich schlug die mitgebrachte Times auf und las aus der Meldung vor, um die Taten zu rekapitulieren: »James Sotheby entführte acht junge Damen und stellte sie laut eigener Aussage vor die Wahl: Sie müssten eine von zwei Pillen nehmen und dann mit einem Glas Wasser herunterschlucken. Es sei wie beim Russischen Roulette gewesen: Eine Pille war harmlos und eine giftig. Egal wie das Opfer sich entschied – Sotheby nahm die andere Pille. Die Vorsehung habe bestimmt, dass er achtmal überlebte. Alle jungen Damen dagegen verschieden.«

Lestrade nahm einen kräftigen Schluck vom frischen vierten Ale. »Das hat er uns in der Vernehmung so erzählt. Aber der Hund lügt. Der ist eiskalt. Der glaubt nicht an Vorsehung und er lässt sich auf kein Russisches Roulette ein. Ich meine, wie hoch ist denn die Wahrscheinlichkeit …?«

»Achtmal 50 Prozent. Also 0,5 hoch 8«, sagte Holmes. »Ergibt eine …«, er rechnete im Kopf, »… 0,4-prozentige Chance, jedes Mal die harmlose Pille zu erwischen. Darauf hat sich dieser Sotheby in der Tat nicht eingelassen.«

Lestrade stand schon stark unter der Wirkung der Ales. Er herrschte Holmes an: »Ach was, Sie Schlauberger! Und Sie verraten mir nicht noch zufällig, wie er das angestellt hat?«

»Doch, Inspector. Dazu reicht die Meldung der Times.«

Die Wahl der Pille Auflösung

Ein Kellner erschien mit dem Scotch von den Hebriden, den Holmes vor zehn Minuten bestellt hatte. »Ein doppelter Scotch, Sir, sláinte und cheers.« Holmes schwenkte den schottischen Whisky unter der Nase und sog dessen hölzernen Duft ein. »Spät kommt er, doch er kommt.«

Lestrade lallte schon etwas. »Wenn der hohe Herr die Güte hätte, dann wäre ich erfreut … Die jungen Frauen haben es nämlich verdient, dass ihnen Gerechtigkeit geschieht!«

Holmes nippte an seinem Whisky. »Wirklich ausgezeichnet! Aber um Sie nicht weiter auf die Folter zu spannen, Inspector …« Er nippte erneut.

»Ja, was denn nun?« Lestrade hieb mit der Faust auf den Tisch.

Holmes blickte streng. »Die Kurzfassung ist: Beide Pillen waren harmlos.«

»Wollen Sie mich verschaukeln, Holmes?«, rief Lestrade.

»Wenn keine der Pillen giftig war, woran sind die Opfer dann gestorben?«, fragte ich.

»Watson, bitte lesen Sie noch einmal die Zeitungsmeldung vor: Was mussten die Damen tun?«

Ich nahm erneut die Times und suchte. »›… Sie mussten eine von zwei Pillen nehmen und dann mit einem Glas Wasser herunterschlucken.‹«

»Da haben Sie es«, sagte Holmes.

Mir ging ein Licht auf. »Ich verstehe! Es war vollkommen gleichgültig, wie die Damen sich entschieden – das Gift war im Wasser.«

»Exakt.« Holmes schaute in seinen Scotch. »Wie bedauerlich, Getränke zu vergiften, statt sie zu veredeln.«

Der Inspector wirkte befriedigt. »Der Schweinehund wird kriegen, was er verdient.«

Die widerspenstige Sophie

Holmes öffnete die Haustür und klopfte seinen Mantel ab. »Man sieht vor lauter Schneegestöber keine zwei Meter weit«, sagte er. »Ja«, bestätigte ich, »dieses Jahr ist es wirk. . .« Weiter kam ich nicht, denn in diesem Moment stürzte Mrs. Hudson auf uns zu. »Schnell«, rief sie, »schnell, schnell! Mr. Lestrade wartet schon seit einer halben Stunde auf Sie. Er sitzt im Kaminzimmer. Geben Sie mir die Mäntel.« Holmes und ich warfen uns einen vielsagenden Blick zu und begaben uns in die Fänge des Inspectors, der uns mit grimmiger Miene empfing. »Schön, dass die Herren sich endlich nach Hause bemühen.« Er wedelte mit einem neuen Brief vor unseren Augen. »Ich danke Ihnen, Inspector, nehmen Sie doch Platz«, sagte Holmes betont liebenswürdig. Dann faltete er das Papier auseinander.

Ihre Nichte wird immer unverschämter. Seit ein paar Tagen darf ich der werten Dame pünktlich um fünf Uhr ihren Tee servieren. Tue ich es nicht, zwingt sie mir eine ihrer grässlichen Diskussionen über die Unterdrückung der Frauen auf. Aber das hat nun ein Ende. Denn dieses Mal werden Sie scheitern, Mr. Holmes. Drei Rätsel auf einmal, und wenn ich die Lösungen nicht morgen in der Times lese, dann ... auf nimmer Wiedersehen, Sophie! Fangen wir also an. Frage Nummer eins: Wer es macht, der sagt es nicht. Wer es sagt, der macht es nicht. Wer es nimmt, der kennt es nicht. Wer es kennt, der nimmt es nicht. Was ist das? Frage Nummer zwei: Ich habe einen Kopf und vier gesunde Beine. Aber wenn du mich triffst, bin ich ein Knäuel. Und wenn du mich berührst, wirst du es bereuen. Und die dritte Frage: Du jagst mich und ich jage dich. Aber du kannst mich so wenig fangen wie ich dich. Wer sind wir? Vergessen Sie die Antworten nicht, Sie werden sie noch brauchen. Sollten Sie allerdings scheitern, bekommt die liebe Nichte ihren Tee morgen mit Gift versetzt serviert.

gez. Colonel Sebastian Moran

Die widerspenstige Sophie Auflösung

Als mein Blick auf die große Standuhr fiel, durchfuhr mich ein Schreck. »Fünf Minuten noch, dann schließt die Anzeigenannahme.« Lestrade, der Holmes Bitte, sich zu setzen, nicht nachgekommen war, begann, unruhig im Zimmer auf und ab zu gehen. »Schwierig, verdammt schwierig«, murmelte er. »Arme Sophie.«

»Aber nicht doch, Inspector«, entgegnete Holmes. »Zwei der Rätsel habe ich bereits gelöst, während ich sie vorgelesen habe, das dritte dürfte ich auch noch knacken.«

»Ihre Ruhe möchte ich haben«, stöhnte Lestrade, und ich musste ihm dieses Mal recht geben.

»Beginnen wir beim ersten Rätsel«, sagte Holmes und sah Lestrade an. »Die Antwort fällt genau in Ihr Metier. Gesucht ist das Falschgeld. Wer es nimmt, der kennt es nicht. Wer es kennt, der nimmt es nicht.« Lestrade nickte anerkennend und ich notierte die Antwort auf einem Blatt Papier. »Jetzt zu Rätsel Nummer zwei. Ein Knäuel mit vier Beinen, das man nicht berühren sollte. Nun, lieber Watson, vielleicht nicht Sie selber, aber Ihre Kollegen von der Tiermedizin werden die Verletzungen, die aus der Begegnung mit diesem Wesen herrühren, sicher kennen.« Ich blieb ihm die Antwort schuldig. »Es ist der Igel!«, erklärte mein Freund. »Zuletzt Rätsel Nummer drei. Die beiden, die sich jagen, aber nie zu fassen bekommen. In der griechischen Mythologie ziehen sie als Götter mit ihren Wagen über den Himmel. Wissen Sie die Antwort?« Wieder sah er Lestrade und mich fragend an. »Mr. Holmes, bitte, nur noch eine Minute, bis die Anzeigenannahme schließt«, drängte der Inspector. »Es sind der Tag und die Nacht.« Ich notierte auch Antwort Nummer drei und eilte zum Telefon.

Nachricht mit Schuss

20

Teufel auch!«, fluchte Neville Stewart, Direktor der BBC. »Erst die Panne mit Rosita Serrano und dann auch noch dieses Unglück! Hätte Paulson sich nicht zu Hause erschießen können?« Wir standen in einem Funkstudio am Portland Place. Der Moderator Charles Paulson lag tot mit dem Kopf auf dem Tisch, daneben ein Mikrophon, ein Magnetophon und ein Block. Im Kopf klaffte eine Schusswunde. In der rechten Hand hielt er einen Revolver, in der linken einen Bleistift. »Sie scheinen sich mehr Gedanken über Ihr Programm als über die Mitarbeiter zu machen«, sagte Lestrade misstrauisch.

»Ich war bis eben in einer Konferenz und das war ein Selbstmord, glasklar«, sagte der Direktor.

»Woher wollen Sie das so sicher wissen?«, fragte ich.

»Ganz einfach: Er hat es selbst gesagt«, erwiderte der Direktor ungehalten. »Als seine Kollegen den Schuss hörten und den Toten fanden, drückten sie die Play-Taste des eingeschalteten Magnetophons neben ihm und vernahmen diese Nachricht.«

Er spielte das Tonband ab: »Ich habe nichts mehr, wofür es sich zu leben lohnt. Ich kann nicht mehr. Ich mache ein Ende.« Dann erklang ein Schuss.

»Das ist Paulsons Stimme«, sagte der Direktor. Holmes warf ein: »Welche Art Panne gab es denn mit Rosita Serrano?«

»Ach, Davis wird bald gefeuert«, sagte der Direktor. »Er hat im Studio nebenan Serranos Yours and Mine aufgelegt und nicht mitbekommen, dass die Platte einen Sprung hatte – weil er, solange das Lied lief, draußen mit der Sekretärin poussiert hat, gesteht er. Dadurch wurden ein paar Takte des Lieds minutenlang im Äther wiederholt. Besagte Sekretärin hat übrigens gerade erst ihre Liaison mit Paulson beendet.«

»Damit liegt der Fall klar«, seufzte Lestrade. »Eine Leiche, ein bekennender Selbstmörder auf Tonband und ein astreines Motiv: Liebeskummer wegen der flatterhaften Dame da draußen.«

»So scheint es«, sagte Holmes, »aber der Schein trügt. ›Yours and Mine‹ ist lang und Selbstmord war dies nicht.«

Nachricht mit Schuss
Auflösung

»In der BBC soll also ein Mord geschehen sein?«, fragte Direktor Stewart ungläubig.

»Und den Mörder können Sie uns sicher auch nennen«, spottete der Inspector.

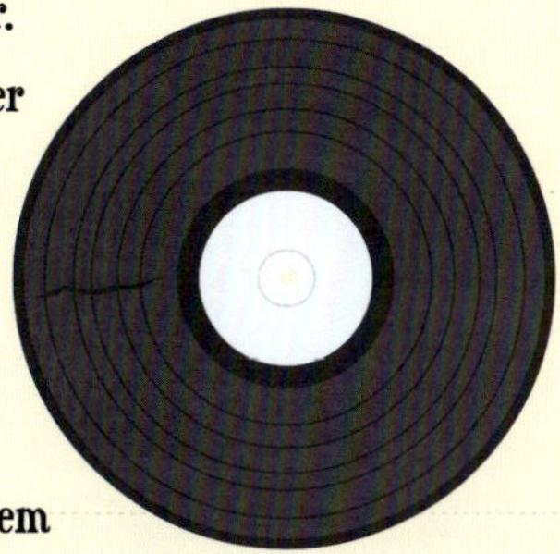

»Der Reihe nach«, sagte Holmes. »Gentlemen, was zuerst stutzig macht, ist der Revolver in der rechten Hand und der Bleistift in der linken. Gehe ich recht in der Annahme, dass Paulson Linkshänder war?«

»Ich habe keine Ahnung«, sagte Stewart. »Und wenn schon?«

»Wenn er Linkshänder war – warum hätte er sich mit rechts erschießen sollen?«

Lestrade entgegnete: »Vielleicht war er beidhändig oder er hat lediglich mit dem Bleistift gespielt, ohne ihn zu benutzen.«

»Bevor er Suizid beging? Doch das ist nicht entscheidend. Wichtiger ist: Als seine Kollegen die Taste des Magnetophons drückten, hörten sie gleich seine Nachricht und den Schuss. Wie aber will Paulsen das Band nach dem Schuss zurückgespult haben?«

»Potzblitz! Sie haben recht!«, rief der Direktor. »Gut, dass ich ein Alibi habe.« Er lachte unsicher. »Und Davis nebenan auch.«

»Ich wage zu bezweifeln, dass seines wasserdicht ist. Wie lang ist die Spieldauer von ›Yours and Mine‹?«, fragte Holmes.

»Knapp vier Minuten.«

»Ausreichend Zeit, um das Studio nebenan zu verlassen, für ein Alibi mit der Sekretärin zu flirten, Paulson mit vorgehaltener Waffe zu seiner Abschiedsnachricht zu zwingen, ihn zu erschießen und zurückzukehren.«

»Wenn die Platte keinen Sprung gehabt hätte, dann hätte keiner an Davis gedacht«, sagte ich. »Wahrscheinlich ging es um seine Entlassung. Nach seiner Vernehmung dürften wir mehr wissen.«

Die verschwundenen Flügel

21

Wieder einmal schneite es, und zwar heftig. Aber es half nichts, wir brauchten noch ein paar Weihnachtsgeschenke, und die beste Adresse dafür war immer noch der Weihnachtsmarkt. Wir sahen uns gerade ein paar hübsche Kerzenhalter aus Keramik an, als von der gegenüberliegenden Seite des Marktes ein Schrei zu hören war. »Nein, oh nein. Fort ...« – »Watson«, sagte Holmes, »ich glaube, unsere Hilfe wird benötigt.«

Der Ruf war aus einer kleinen Hütte gekommen, in der eine schlichte Weihnachtskrippe aufgebaut war. Zu kaufen gab es zwar nichts, aber wer sich die Figuren ansehen wollte, spendete der alten Frau, die neben dem Ensemble saß, einen freiwilligen Obolus. »Sehen Sie nur«, klagte das Weiblein, das dem Äußeren nach zu urteilen alles andere als reich war. »Sehen Sie es?« Und wir sahen es: Dem Weihnachtsengel fehlten die Flügel. »Sie sind aus Gold, natürlich nicht aus echtem Gold, aber sie glitzern und schimmern. Ihretwegen kommen die Menschen doch hierher. Wer will denn nun noch meine Krippe anschauen?« Holmes nahm den Engel in die Hand und drehte ihn um. Wo einmal die Flügel befestigt waren, ragte nun ein scharfkantiges Metallstück aus dem Rücken der Figur. »Wann haben Sie den Diebstahl bemerkt?«, erkundigte sich mein Freund. »Gerade eben. Ich war kurz nach draußen gegangen. Als ich zurückkam, sah ich einen Mann mit dunkler Mütze und blauem Mantel weglaufen.« – »Weit kann er noch nicht gekommen sein«, meinte ich.

Wir machten uns auf die Suche, und tatsächlich stand nur ein paar Meter weiter, in einer dichten Traube von Menschen, ein junger Mann, auf den die Beschreibung der Frau genau passte. »Würden Sie bitte Ihre Taschen leeren«, forderte ihn Holmes auf. »Warum?«, fragte der Mann, fuhr aber trotzdem in die Taschen seines Mantels, allerdings ohne vorher die dicken Fäustlinge auszuziehen. »Vor fünf Minuten habe ich dort drüben heiße Maroni gekauft. Ich habe nichts gestohlen.« – »Oh doch, das haben Sie«, entgegnete Holmes, »und nun geben Sie der armen Frau die goldenen Engelsflügel zurück.«

Die verschwundenen Flügel Auflösung

»Woher nehmen Sie die Frechheit, mir Diebstahl zu unterstellen? Wer sind Sie überhaupt?«

Mein Freund stellte sich höflich vor und sagte dann: »Für Sie ist die Beute ohnehin nichts wert, auch wenn sie auf den ersten Blick kostbar erscheinen mag. Es handelt sich nicht um echtes Gold. Aber für die Marktfrau ist sie enorm wichtig. Ihr Glänzen lockt die Besucher in das Häuschen mit der Krippe.«

»Ich habe Ihnen doch gerade gezeigt, dass ich nichts in meinen Taschen habe«, entgegnete der andere.

»Sie haben in Ihre Taschen gefasst, das ist richtig. Aber nach außen gestülpt haben Sie sie nicht. Das dürfte auch schwierig sein mit so dicken Handschuhen.«

»Es ist kalt«, erklärte der Mann.

»Und es würde Sie entlarven«, stellte Holmes fest und ergänzte: »Andererseits hätten Sie damit die Gelegenheit, meinem Freund hier«, und er deutete auf mich, »die Verletzung zu zeigen, die Sie sich beim Abtrennen der Flügel an den Metallstiften, an denen sie befestigt waren, zugezogen haben und deretwegen Sie sich so hartnäckig weigern, uns Ihre Hände zu zeigen.«

»Seien Sie lieber vorsichtig«, ergänzte ich. »Entzündet sich die Wunde, kann man sich schnell eine Blutvergiftung einfangen.«

Der Mann sah uns entsetzt an und zog tatsächlich die Handschuhe aus. An der rechten Hand hatte er eine kleine, harmlose Verletzung, nicht der Rede wert. »Woher wussten Sie ...?«, fragte er Holmes. Der lächelte. »Woher wussten Sie, dass der Diebstahl, den Sie nicht begangen haben wollen, genau fünf Minuten zurückliegt? Ich mache Ihnen einen Vorschlag: Sie geben der Frau die goldenen Flügel zurück und wir verzichten darauf, die Polizei einzuschalten. Und vielleicht ist für Sie ja noch eine kleine Behandlung durch meinen Freund hier drin. Er ist Arzt. Mehr als ein Pflaster wird er aber wohl nicht benötigen ...«

Der Sträfling im Glockenturm

Es empfiehlt sich, für diese Art Fälle eine gute Kondition zu haben«, sagte ich, als wir am Fuß des Uhrturms von Westminster Palace standen. »Es sind rund 100 Meter bis nach oben zur Glocke Big Ben.« – »Mens sana in corpore sano, Watson«, erwiderte Holmes. »Nach all den Plätzchen wird uns die Bewegung guttun.« – »Und Lestrade ist schließlich auch hochgekommen«, seufzte ich. Holmes bewältigte die elf Stockwerke des Clock Towers sichtlich leichter als ich. Oben angekommen, keuchte ich: »332, 333, 334 Stufen . . . Geschafft!« Im Glockenraum erwartete uns der Inspector mit einer Reihe weiterer Beamter des Yard. Wir traten heran und sahen einen Toten mit verzerrtem Gesicht und verkrampften Gliedern am Boden liegen. »Mich trifft der Schlag – das ist doch John Galt!«, rief ich. – »Wer ist John Galt?«, fragte Lestrade.

»Er war Professor Moriartys Zellengenosse, seit der wieder hinter Gittern ist«, erklärte Holmes.

»Er ist gestern Abend aus dem Pentonville-Gefängnis ausgebrochen«, sagte ein Polizist. »Man munkelt, er sollte eine Botschaft Moriartys an Colonel Moran überbringen.«

Holmes und ich sahen uns an. »Wenn Moriarty erfahren hat, dass Moran Sophie in seiner Gewalt hat, bedeutet das nichts Gutes für Sophie«, sagte Holmes.

»Ich finde keinerlei Anzeichen der Todesursache«, beklagte der anwesende Gerichtsmediziner. »Keine Wunde, kein Bruch, keine Vergiftungserscheinungen. Es ist mir ein Rätsel.«

»Suchen Sie weiter. Solange wir hier ermitteln, ist das Läuten von Big Ben ausgesetzt, aber wir haben natürlich nicht ewig Zeit.« An Holmes gewandt, sagte Lestrade: »Als der Turmwächter heute Morgen die Tür zum Glockenraum aufsperrte, die er sonst immer offenlässt, fand er diesen . . . John Galt tot vor. Doch warum liegt ein entflohener Sträfling in diesem Turm? Wie weit mag es vom Gefängnis bis hier sein?«

»Die Frage ist eher: Wohin wollte er?«

»Vielleicht wollte er Santa Claus nach einer Mitfahrgelegenheit in seinem fliegenden Schlitten fragen?«, frotzelte der Inspector.

Der Sträfling im Glockenturm Auflösung

»Was würden Sie tun, wenn Sie frisch aus dem Gefängnis ausgebrochen wären?«, fragte Holmes.

»Mich verstecken, natürlich«, brummte Lestrade.

»Als Versteck ist der Uhrturm ideal. Niemand kommt hierher, außer dem Turmwächter am Morgen. Wenn wir annehmen, dass der Tote zu Moran unterwegs war und dass dieser sich in den Docklands aufhält, dann liegt Big Ben etwa auf halbem Weg. Ich schätze, es sind gut sechs Kilometer in beide Richtungen.«

»Schön und gut, aber warum liegt er jetzt hier als Leiche?«, fragte Lestrade.

»John Galt hat sich im Glockenraum versteckt. Hinter ihm ist aber die Tür ins Schloss gefallen, denn der Turmwächter musste sie ja erst aufsperren.«

»Der Mann ist doch wohl seit gestern Abend nicht verhungert«, warf der Mediziner ein.

»Nein. Big Ben hat ihn getötet«, sagte Holmes.

»Die Glocke? Wie das?«, fragte der Inspector.

»Schon die alten Chinesen quälten zum Tode Verurteilte mit lautem, pausenlosem Flötenspiel, Trommeln und anderem Lärm, bis sie starben. Auch in der europäischen Antike soll die Todesstrafe manchmal durch Trommeln vollzogen worden sein. Und im Mittelalter schnallte man Opfer an Glocken fest und trieb sie in Wahnsinn oder Tod«, führte Holmes aus. Lestrade blickte ungläubig.

»Richtig, Holmes«, bestätigte ich. »Todesursache ist dabei nicht die Zerstörung des Hörapparats, sondern das Platzen der Lungenbläschen durch den Schalldruck. Und Stress und Panik tun ihr Übriges.«

»Nun wird es höchste Zeit, Sophie zu finden«, sagte Holmes.

23

Das Urteil in den Docks

Wir saßen beim Frühstück. »Was wird nur aus der armen Sophie«, fragte ich eben, da läutete es wie auf mein Stichwort an der Tür. Kurz darauf stapfte Inspector Lestrade ins Zimmer. »Weiter geht es mit dem Ratespiel.« Mit diesen Worten legte er einen neuen Brief auf den Tisch und zog sich unaufgefordert einen Stuhl heran. »Einen guten Morgen, Inspector«, sagte Holmes. Er öffnete den Brief und las vor.

Die Antworten der drei Fragen haben Sie sicher aufgehoben? Nun denn, helfen wird es Sophie trotzdem nicht. Wenn Sie das Mädchen heute Morgen beim Zehn-Uhr-Läuten des Big Ben noch nicht gefunden haben, nimmt sie ihre Unverschämtheiten mit ins Grab. So will es Moriarty, so will ich es. Ordnen Sie jedem Anfangsbuchstaben der drei beziehungsweise vier Lösungsworte eine Zahl zu. Anschließend überlegen Sie, wie die Summe aller Zahlen Sie zu Sophie führen kann. Erste Hinweise zu dem Ort haben Sie ja bereits erhalten. Ich werde Sie, den Doktor und Ihren dilettantischen Gehilfen vom Yard übrigens nicht persönlich erwarten. Aber ich stehe, gut geschützt vor Ihren Blicken, bereit, um Punkt zehn Uhr das Urteil zu vollstrecken. Ich schreibe nicht ›auf Wiedersehen‹, Mr. Holmes. Denn weder werden wir beide uns begegnen, noch werden Sie Ihre Nichte lebend vorfinden. Weil ich an sich ein guter Mensch bin, hier noch drei Hinweise: Suchen Sie nicht nur nach einer, sondern nach zwei Zahlen; Sie finden sie durch Addition; zuerst die ganzen Zahlen, anschließend die einzelnen Ziffern!

gez. Colonel Sebastian Moran

»Eine halbe Stunde noch, das wird knapp«, sagte Lestrade. Aber mein Freund blieb ruhig. »Watson, holen Sie bitte den Zettel mit den Lösungsworten«, bat er mich. Ich reichte Holmes das Blatt: Falschgeld, Igel, Tag, Nacht hatte ich dort notiert.

Das Urteil in den Docks Auflösung

Holmes sah auf die ersten Buchstaben der Wörter – F, I, T und N – und notierte daneben Zahlen. Dann fragte er Lestrade, wie viele Docks es gäbe. »Sieben«, antwortete der.

»Und wie viele Hallen?«

»Vielleicht 30 …«, meinte Lestrade.

»Dann müssen wir zum Dock 4, in die 13. Halle«, erklärte Holmes. Er deutete auf den Notizzettel. »Ordnet man jedem Buchstaben die Zahl seiner Position im Alphabet zu – 6 für F, 9 für I, 20 für T und 14 für N – und addiert dann alle, ergibt das die Summe 49. Aber die Zahl ist zu hoch, es gibt weder ein Dock noch eine Halle mit der Nummer 49. Also addiert man weiter, nun die ›einzelnen Ziffern‹ des Zwischenergebnisses, also die 4 und die 9, das ergibt eine 13. Immer noch zu hoch, es sind nur sieben Docks. Also müssen wir weiter addieren. 1 plus 3 ergibt 4. Das Dock! Aber auch das vorige Ergebnis enthält eine Lösung. Die Halle Nr. 13.«

Wir erreichten das Dock einige Minuten vor zehn. Schon vor dem Tor der Halle 13 hörten wir Morans Stimme aus dem Inneren: »2000 Jahre lang hatten die Frauen nichts in der Politik zu sagen, und es hat hervorragend funktioniert.« – »Und das soll bis in alle Ewigkeit so bleiben?«, antwortete eine helle Frauenstimme. Sie klang in der Tat sehr furchtlos. »Sie hält ihn mit ihren Fragen auf«, flüsterte Holmes. »Kluges Mädchen.« Wieder war Sophie zu hören: »Ich verstehe nicht, warum …« – »Zum Teufel, du renitentes Weibsstück. Diskussionen über Diskussionen. Jetzt ist Schluss!« – »Allerdings«, sagte Lestrade und öffnete mit gezogener Waffe die Tür. »Jetzt ist Schluss.« Als wir ihm kurz darauf in den Raum folgten, trug Moran bereits Handschellen. Aus dem Halbdunkel der Halle kam uns eine junge Frau entgegen. »Du hättest dir ruhig noch etwas Zeit lassen können, lieber Onkel«, sagte sie lächelnd zu Holmes. »Bis zehn Uhr hätte ich einen wahren Frauenrechtler aus ihm gemacht.«

Die makabere Scharade

24

Danke, ich bevorzuge Cognac<<, sagte Mycroft Holmes im Diogenes Club, als sein Bruder ihn fragte, ob er nicht auch einen Scotch probieren wolle. >>Für mich einen Cognac, bitte<<, bestellt er beim Butler. Es war Heiligabend und draußen schneite es. Vor uns flackerte ein Kamin und aus dem Grammophon erklang God Rest Ye Merry, Gentlemen.

>>Wer ist jetzt eigentlich der gefährlichste Mann Londons?<<, fragte ich. >>Moriarty und Moran sitzen ja im Kittchen.<< – >>Gefährlich bleiben sie auch im Gefängnis<<, entgegnete Holmes. >>Wie der Fall des entflohenen John Galt zeigt, können sie dem Kerker auch wieder entweichen.<< – >>Aus diesem Grund wurden die beiden auch in verschiedenen Gefängnissen untergebracht, damit sie keinen Kontakt miteinander haben<<, ergänzte Mycroft. >>Moriarty sitzt noch in Pentonville, Moran dagegen in Brixton.<<

>>Ich fürchte, es ist trotzdem nur eine Frage der Zeit, bis die beiden wieder ihr Unwesen treiben<<, meinte ich. >>Spätestens, wenn sie zum Tode verurteilt sind und den Strang vor sich ahnen, dürften sie motiviert sein, ihre Etablissements zu verlassen.<< Holmes schwieg und nippte an seinem Scotch. >>Nun, meine Teuren, da habe ich diesen Heiligabend ja eine Scharade mitgebracht, die zu unserem Thema passt. Das Rätsel stammt von Theodor Körner, einem deutschen Romantiker. Wollen wir unsere kleine Weihnachtstradition begehen?<<, fragte Mycroft.

>>Selbstredend, mein Lieber<<, antwortete Holmes. >>Mal sehen, wie deutsche Dichtung die kleinen grauen britischen Zellen herausfordert.<<

>>Nun denn, hier das Rätsel<<, sprach Mycroft und zog einen Zettel hervor.

Es muss das ganze Wort, / Hat man's mit List gefangen,
Durch seiner dritten Kraft / Hoch an den ersten hangen.

Ich war noch ratlos, aber Holmes schmunzelte bereits. >>Da sage noch einer, die Deutschen hätten keinen Humor<<, sagte er. Mycroft wusste, dass er wieder geschlagen war. Er nippte an seinem Cognac. >>Nun sag wenigstens pro forma die Lösung.<<

Die makabere Scharade Auflösung

»Andererseits, Mycroft, ist es ein reichlich makaberes Rätsel für Heiligabend«, rügte Holmes.

»Ich konnte nicht widerstehen, als ich von eurem Erfolg mit Colonel Moran hörte. Da habe ich die Scharade passend herausgesucht«, grinste Mycroft.

»Gentlemen, ich bitte zu berücksichtigen, dass ich immer noch im Dunkeln tappe«, sagte ich.

»Verzeihung, Watson«, sagte Holmes. »Wir suchen also ein Wort mit mehreren Teilen, ein Kompositum. Der erste Teil des Wortes ist quasi der Aufhänger für das ganze Wort. Und das ganze Wort hängt am ersten Teil durch die Kraft eines Dritten.«

»Vielleicht hatte ich schon einen Scotch zu viel«, sagte ich. »Ich komme nicht drauf.«

Holmes lächelte. »Das schwarzhumorige Rätsel unseres deutschen Romantikers sucht das Wort Galgenstrick. Der Strick baumelt am Galgen durch die Schwerkraft des Gehängten.«

Ich schlug mir mit der Hand vor die Stirn. »Galgenstrick! Makaber, in der Tat.«

»Nun noch mein Geschenk, werter Bruder«, sagte Mycroft. Er holte ein längliches Paket aus der Garderobe. »Es ist ein neuer Gehstock. Er soll dir in einem Bartitsu-Kampf beistehen, wenn du wieder auf einen Bösewicht wie Moriarty oder Moran triffst. Im Holz verborgen steckt eine Klinge zum Herausziehen.«

»Danke, Bruder. Aber die schärfste Waffe des Menschen ist sein Verstand. Darum habe ich als Geschenk ein Go-Spiel für dich. Und für Watson einen Adventskalender für das nächste Jahr, mit Rätseln zur Weihnachtszeit.«

»Fröhliche Weihnachten!«, wünschten wir uns.